AF285375

Fallobst: Fragmente des Fragwürdigen

Fallobst sind Früchte,
die vom Baum gefallen sind.
Einige davon habe ich aufgesammelt.

Fallobst:

Fragmente des Fragwürdigen

Joke Frerichs

Bibliographische Informationen der Bibliothek:
Die Deutsche Bibliothek verzeichnet diese Publikation in der
Deutschen Nationalbibliographie; detaillierte Informationen
sind im Internet über http://dnb.ddb.de
 abrufbar.

© 2022 Joke Frerichs
Herstellung und Verlag: BoD – Books on Demand,
Norderstedt
ISBN 978-3756-2360-60

Ich bin. Wir sind. Das ist schon fast alles.
Fangen wir noch einmal von vorne an:
Am Anfang war das Wort, in ihm war das Leben und das Leben war das Licht der Menschen.
Oder:
Am Anfang war die Leere. Dann kam das Schauen. Dann ein langes Schweigen.

*

Es gibt ihn nicht, den ein für allemal gültigen *Text.* Vielleicht sollte man sich das künftige Schreiben als ein *lebenslanges Fortschreiben eines einzigen Textes* vorstellen. Dabei heraus kommen dann weniger fertige, in sich geschlossene Texte, als vielmehr *offene, scheinbar völlig zusammenhanglose Fragmente.*

*

Vielleicht ist *Schreiben* der Versuch, das eigene Leben zu verlängern. Solange einem noch etwas einfällt, lebt man. Auf gewisse Weise hält man das Vergehen der Zeit auf. Sobald es weniger zu notieren gibt, hat es den Anschein, als würde die Zeit einem entgleiten. Die Zeiterfahrung wird diffus. Also schreibt man dagegen an.

*

Wer auf die Geschichten verzichtet, die er von sich erzählen kann, verzichtet auf sich selber. Wer wir sind, offenbart sich in den Erzählungen über uns. Wir sind das, was wir von uns erzählen können. Das zeigt sich schon alltagssprachlich, wenn wir von Jemandem erzählen. Wir erzählen, wer er war und was er gemacht hat. Der Name allein sagt nichts. Somit kann man auch sagen: was von uns bleibt, ist das, was wir über uns erzählen können bzw. das, was über uns erzählt werden kann. Nicht mehr und nicht weniger.

*

Unsere *Ich-Identität* besteht aus *Erlebnissen,* die wir im Gedächtnis gespeichert haben. Sobald wir sie uns wieder vor Augen führen, schaffen wir uns ein Gegenüber, mit dem wir gelegentlich ins Gespräch kommen. Derartige *Selbstgespräche* können dazu beitragen, das *Ich* zu stabilisieren. Man vergegenwärtigt sich ein vergangenes Erlebnis und konfrontiert es mit dem gegenwärtigen Wissen. Indem man ein Ereignis aus dem

Erlebensstrom her-auslöst, gewinnt dieses besondere Bedeutung. Aufgrund der Distanz ist es möglich, Umdeutungen vorzunehmen, damit etwaige Fehler oder Schwächen mit unserem gegenwärtigen Selbstverständnis in Einklang gebracht werden. Damit wird deutlich, dass die Herausbildung einer *Identität* nichts ein für allemal Feststehendes ist, sondern ein Entwicklungsprozess, an dem wir ständig arbeiten.

*

Solange ich zurückdenken kann, hörte ich gerne ‚Geschichten'. ‚Wahre' oder ‚erfundene'. Dank einer bereits früh entwickelten *‚phantasiebegabten Sensibilität'* versuchte ich, sie mir weiter auszuschmücken. Ich hätte sie gerne aufgeschrieben, aber zum Aufschreiben fehlte es an Gelegenheiten. Es gab keine Umgebung, die mir den Zugang zum Schreiben ermöglichte. Auch war mein Verhältnis zur Welt ‚porös'. Ich brauchte stets zu lange, um mir über die Dinge klar zu werden, die mich umtrieben. Es gab zu Vieles, was sich nicht zusammenfügte.

Für das, was in mir wühlte und hinausdrängte, hatte ich keine Worte. So blieb ich stumm. Aber woher rührte dieser Antrieb, der mehr war als eine flüchtige Anwandlung? Ich denke, es war der *Wunsch nach Befreiung*. Ich wollte der Enge meiner Herkunft entkommen. Den Wunsch, zu schreiben, um etwas ganz allein für mich zu haben, habe ich tief in mir vergraben. Er wich der Sehnsucht nach einem anderen Ort. Ich träumte davon, mir andere Wirklichkeiten zu erfinden. Ich suchte Räume, die mir Verstecke boten. Gleichzeitig überkam mich die Angst, mich allzu weit von der gewohnten Umgebung zu entfernen. Was blieb, war eine schwindelerregende Begierde zu beginnen.

*

Schon als Kind begann ich zu ahnen, dass das Leben zwei Seiten hat. Die eine, das war der *Alltag*, der mich aufsog und die Luft zum Atmen nahm. Ich begann erst zu leben, wenn ich mich dem entzog. Ich entsinne mich des Glücksgefühls, sobald ich der häuslichen Enge entkam und frei umherschweifen konnte. Plötzlich weitete sich der Horizont. Ich beobachtete das Spiel der Wolken, und mir war, als würden sich die Geheimnisse des Lebens offenbaren. Zeit und Raum lösten sich auf. Dann wieder schien alles stillzustehen. Die Welt hielt für einen Moment den Atem an. In diesen Augenblicken überkamen mich gleichsam *metaphysische Gefühle*, die später nur noch als schattenhafte Erinnerungen wieder auftauchten. So wie Träume, an die man sich beim Erwachen nur noch vage erinnert. Und doch schienen sie einen Raum zu eröffnen, in den die Phantasie eintauchen konnte. Dachte ich später über all das nach, so fragte ich mich immer öfter, ob diese *Poesie des Augenblicks*, die ich erlebt hatte, nur in meiner Vorstellung existierte. War es nur eine Feier der Einbildung, die auf diese Weise ihren unerschöpflichen Reichtum entfaltet hatte?

*

Kann man die *Urmelodie der Welt erlauschen?* Oder ist sie *Antwortlosigkeit und Schweigen?* Der Versuch, auf dem Boden des Unheimlichen heimisch zu werden, ist ein unhintergehbares Anliegen der Kunst und Literatur. Es ist der Versuch, die Zerrissenheit der Welt, ihre unerkennbaren Zusammenhänge sichtbar zu machen, auch wenn dies nur die *Suche nach Auswegen* ist. Es ist eine zutiefst absurde Situation zwischen *Immanenz und*

Transzendenz. Selbst wenn da ein Licht wäre – vielleicht sehen wir das Licht des Anfangs *nicht mehr* und das Licht des Endes *noch nicht*. Was bleibt, ist *das Streben nach Licht*.

*

Ich tröste mich mit der Gewissheit, dass besondere Dinge sich im Schweigen vorbereiten. *Vor dem Schreiben eines Gedichts steht ein tiefes Schweigen, und meist geht etwas von diesem Schweigen in das Gedicht ein.* Das Schweigen scheint die Ganzheit der Welt tiefer zu erfassen, als je ein Gedicht es vermocht hätte.
Auch spürte ich instinktiv, dass mein damaliges Stummsein auch eine Form des Selbstschutzes war. Bloß nichts preisgeben von sich, bloß die Spannung nicht lösen, bloß das Rauschhafte dieses Zustands nicht zu früh beenden. Alles in der Schwebe lassen. Vielleicht fürchtete ich, dass sich die Zeilen des Gedichts zu sehr mit der Welt, die ich zu meiden suchte, vermischen könnten. Diese diffuse Gefühlslage beherrschte mich lange Zeit. Auf die Frage, ob ich mich schreibend vom Leben entfernte oder durch das Schreiben ins Leben finden würde, wusste ich keine Antwort.

*

Wir sind mehr *Produkt von Zufällen* als persönlicher *Wahlen oder Entscheidungen.* Welcher *Herkunft* wir sind; wann wir zu einem bestimmten Zeitpunkt, an einem bestimmten Ort, in einem bestimmten Land geboren wurden, entzieht sich vollständig unserem Einfluss. Daher ist die Aussage der *Existentialisten,* der Mensch sei das Produkt seiner Wahl und dessen, was er aus sich macht, zu relativieren. Selbst wenn wir *trotz* oder *wegen* unserer Herkunft etwas aus uns *gemacht* haben, sind oft Zufälle im Spiel: zum Beispiel, zu einer bestimmten Zeit die richtigen Leute getroffen zu haben. Oft fehlen auch Alternativen. und man macht das, was naheliegt oder von einem erwartet wird.

Sich den Erwartungen entgegen zu stemmen, verlangt außerordentliche *Willensanstrengungen.* Und dann zeigt sich auch erst im Nachhinein, ob wir mit unseren Entscheidungen richtig gelegen haben. Zum zuvor Gesagten schaue man sich nur den eigenen *Lebenslauf* an. Oft wissen wir erst nach Jahrzehnten, an welcher Wegkreuzung wir möglicherweise anders hätten abbiegen sollen. Aber dann ist es zu spät, und man neigt dazu, die einst getroffenen Entscheidungen nachträglich zu legitimieren. Alles andere bereitet nur Schmerzen.

*

Leben und Schreiben – in welcher Beziehung stehen sie zueinander? *Auf welche Weise können Schreiben und Leben eins werden?* Ich sah manche Dinge deutlicher, wenn ich über sie schrieb. Ich schaffe mir beim Schreiben ein Gegenüber, das ich anschauen und über das ich nachdenken kann. Die Konturen treten schärfer hervor, während viele Sinneseindrücke diffus bleiben und sich wieder verflüchtigen. Man könnte von objektiven Träumen sprechen, da das, was ich schildere, auch für Andere zugänglich ist. Ohne diese mitlaufende Aufmerksamkeit für die Dinge wäre Schreiben einzig für mich von Bedeutung. So aber wird es zu einem intersubjektiven Ereignis. Ich gebe der Welt auf diese Weise etwas zurück, das ansonsten unbehaust und zerfasert bliebe.

*

Wir müssen unsere *Biographien* selber schreiben, weil die *Übergänge* von einer *Identitätsstufe* zur nächsten schwer nachvollziehbar sind. In traditionalen Gesellschaften waren sie durch *Übergangsrituale* gekennzeichnet; heute sind die Verbindungen zwischen *persönlichen und sozialen Veränderungen* flüchtiger, so dass eine *stabile Identität* schwerer auszumachen ist. Vielleicht kann man sagen: *Identität basiert auf der Fähigkeit, sich selbst von anderen zu unterscheiden.* Das bedeutet aber auch, sich selbst *zum Objekt zu machen.*

*

Die Wirklichkeit, wie wir sie sinnlich wahrnehmen, ist nicht die *wahre Wirklichkeit;* die wahre Wirklichkeit ist gewissermaßen *übersinnlich.* Das, was uns mehr oder weniger *zufälligerweise* zuerst ins Bewusstsein tritt, ist nur das Sinnbild einer momentanen Wahrnehmung. Man muss diese Wahrnehmung ihrer zufälligen Aufmachung entkleiden und sie auf *Grundstrukturen* zurückführen, die allererst *aufgebaut* werden müssen; d.h.: ihr *Sinn* muss durch eine *zeitlose Realität* bereichert und erweitert werden. Das ist das Werk des *Künstlers*. Nur auf diese Weise entsteht überhaupt *Kunst*, wird der *künstlerische Prozess* überhaupt verstehbar.

*

Die wichtigste Eigenschaft des Künstlers ist das *Sehen und Beobachten*. Damit stellt er sich den Dingen. Von diesem Ausgangspunkt aus kann er anfangen, sich der Dinge zu vergewissern, sie sich zu vergegenwärtigen, sich in sie zu versenken. In diesem Aneignungsprozess entstehen dann auch Träume und Visionen, die erst ihre zwingende visuelle Überzeugungskraft gewinnen, wenn der Künstler versteht, Wirklichkeit nicht nur zu *imitieren,* sondern zu *erfinden.* Erkennbar muss die Handschrift des Schöpfers sein; er muss gewissermaßen seine eigene Persönlichkeit und Sichtweise in das Werk einbringen. Das erst macht das geschaffene Werk unverwechselbar.

*

Interessant am künstlerischen Prozess ist, w i e die Dinge aus ihrem alltäglichen Kontext herausgelöst werden und neue Bezüge entstehen. Die *expressionistische Fähigkeit*, die Umwelt mit dem Gefühl vollkommener *Entfremdung* zu betrachten und darzustellen, ist eine *solche Bereicherung der Realität*. Dazu gehört unbedingt auch, wie der Betrachter das Ganze wahrnimmt – als Teilnehmer am künstlerischen Prozess.

*

Sprache ist der Zugang des Menschen zur Welt. Durch sie erfahren wir die Zugehörigkeit zu unserer *Mitwelt*, die wir täglich erleben. Die Sprache ist wie eine *Haut*, die uns von anderen abgrenzt, während sie gleichzeitig auf *Verständigung* aus ist.

Sprache ist das Fundament, auf dem das Denken beruht; *bewusstes Sein*. Denken ist das Gespräch des Menschen mit sich selbst. Wer schreibt, übersetzt dieses Selbstgespräch in einen Text und macht es für andere zugänglich. Schreiben ist eine Form des Denkens, eines stummen Sprechens.

Wer denken lernt, lernt gleichzeitig sprechen. Eine Form des Sprechens ist das erzählen. Eine Erzählung ist die anschauliche
Wiedergabe eines Ereignisses oder Sach-
verhalts. Sie stellt einen Sinnzusammenhang dar, ein Stück Interpretation der Welt.
Erzählen ist ein Versuch, die Welt zu verstehen. Die kunstvoll gestaltete Erzählung
wird zur Literatur.

*

Sprache hat immer auch einen *Doppelcha-
rakter:* sie beschreibt Wirklichkeit, produziert sie aber auch, indem sie Wirklichkeit
benennt und ihr Ausdruck verleiht. Wer
glaubt, Wirklichkeit darzustellen, indem er
Fragmente des Wirklichen auswählt und sie
als seine Sicht ansieht, verfehlt etwas Ent-
scheidendes. Der Schriftsteller hat nicht von
der Wirklichkeit *auszugehen,* er hat sie allererst *herzustellen.* Die Absurdität dieser Fest-
stellung liegt darin, dass die Welt dem
Menschen die Antwort auf die Frage, *was
sie sei,* verweigert.

*

Es ist eine Illusion, dass durch Schreiben die Unübersichtlichkeit des Lebens überwunden wird, weil ein Text Übersichtlichkeit schafft. Wäre es so, wäre die nächste Forderung: das Leben sollte dem Text folgen, da er uns mit dem Leben vertraut macht.

Das ist tatsächlich eine Illusion, die den Schreibenden *und* den Text überfordert. Das Leben ist vielfältiger und komplexer als der Text, und letzterer ist stets nur ein Ausschnitt bzw. eine Abstraktion des Lebens. Ansonsten wären Leben und Text *identisch.* Dass man in der Phantasie hin und wieder dazu neigt, diesen Zustand herbeizusehnen, ist eine Gefahr; gleichzeitig aber auch das Signum großer Literatur.

*

Die Dinge erscheinen nicht dort, wo sie sich befinden, sondern dort, wo ich sie platziere und in gewisser Weise neu erfinde. So gesehen ist das Ding die allgemeinste Bezeichnung für das einzelne, nichtmenschliche Wirkliche; es ist wirklich, kann aber auch nur gedacht werden.

*

Ich wollte stets dort sein, wo ich gerade nicht war. War es die Furcht, den Anforderungen des Alltags nicht gewachsen zu sein? Diese ständige Angst zu versagen? Irgendwann erwachte in mir der *Widerstand* gegen die fremd gesetzten Normen. Mit aller Kraft lehnte ich mich dagegen auf: *Ich will, ich werde bekommen / Wenn nicht hier / dann an einem anderen Ort / den ich noch nicht kenne.*

*

Bevor ich meine ersten Gedichte schrieb, die ich Niemandem zeigte, gab es eine lange Zeit des Ausharrens. Als würde ein Schmerz oder eine Krankheit in mir wühlen, die noch nicht ausgebrochen war. Zuweilen schienen Blitze durch einen leeren Raum zu zucken. Ich schrieb vieles wahllos auf. Las ich es später durch, war es nur ein diffuses Durcheinander von ungeformten Empfindungen.

Um mir Luft zu verschaffen, führte ich ein *Tagebuch*, das ich sorgsam unter meiner Matratze verbarg. Dieses Schreiben im Verborgenen hatte etwas Geheimnisvolles; Verbotenes; Verräterisches. Dem Tagebuch vertraute ich meine Sehnsüchte, meine

Ängste, meine Verzweiflung an. Ich wusste
nicht, wohin mit meinen Gefühlen. So
schrieb ich auf, was mich bedrängte. In
meiner noch ungelenken Schrift glich das
Ganze einem unentwirrbaren Gekrakel.
Und dennoch: Das Tagebuch half mir, meine *Angst vor der Stummheit* zu überwinden.
Es wurde mein zweites, vertrautes Ich. An
eine Stelle erinnere ich mich:

*Wenn die Zeit des Wartens vorüber ist, wird
nichts mehr sein wie vorher. Das Schreiben ist
zwar eine große Ermüdung, aber notwendig.
Ich will den Akt der Verausgabung festhalten.
Die Worte scheinen mir nicht zu gehorchen.
Früher fehlten sie mir; jetzt drohe ich in ihnen
unterzugehen. Es geht nur darum, das Warten
zu verkürzen. Aber worauf warte ich? Nichts
wird bleiben von all dem, was mich umtreibt.
Ich weiß nur, ich muss weiter, immer weiter.
Aber wohin? Irgendeinen Satz zu schreiben ist
ein Trost, in gewisser Weise ein Wunder. Ich
bräuchte beide Hände gleichzeitig, um alles auf-
zuschreiben. Sobald etwas geschrieben steht,
schweigt die Welt.*

*

Mein erstes *Tagebuchschreiben,* die *unbehol-fenen Gedichtversuche* – waren es Zeugnisse eines *einsamen Größenwahns?* Wenn ich darüber nachdenke, messe ich ihnen möglicherweise zu viel Bedeutung bei. Ich weiß es nicht. Damals erschien mir die Gegenwart als eine von *Sinn verlassene, bedrückende, stumpfe Tatsächlichkeit,* aus der es kein Entrinnen gab. Das Schreiben war der Versuch, dem zumindest zeitweise zu entkommen. So erscheint es mir in der *Erinnerung,* wobei ich wohl weiß, dass diese die Vergangenheit stets neu sieht und ordnet.

Ich hätte mein Tagebuch nicht vernichten sollen, denke ich heute. Ich hatte ihm alles, was mich bedrängte und was ich ersehnte, anvertraut. Und doch: ich erinnere mich, dass mir leichter danach war, als ich es verbrannt hatte. So als hätte ich die Spuren, die zu meinem Innersten führten, getilgt. Aber immer öfter überkam mich auch das Gefühl, einen Teil von mir ausgelöscht zu haben.

*

Ich erinnere mich, dass mich die *Idee des Selbstmordes* faszinierte. Ob ich es ernst gemeint habe, weiß ich nicht. Immer kam mir das Leben dazwischen.

Mein Tagebuch war voller Notizen darüber. Auch deshalb habe ich es wohl vernichtet. Vielleicht hat das Tagebuch mich insofern gerettet, als der Gedanke an den Selbstmord mich entlastete. Er wurde mir derart vertraut, dass er mir wie eine *Befreiung* vorkam. *Wenn Dir dies und jenes nicht gelingt, kannst Du Dich immer noch umbringen.* Das nahm mir den Druck, den ich auf mir lasten fühlte.

*

Es kam vor, dass mich eine Musik buchstäblich ‚rettete‘, indem sie mich in eine andere Wirklichkeit versetzte. Damals war es die *Sinfonie Nr. 7, h-Moll,* von *Schubert.* Als ich sie zum ersten Mal hörte, befand ich mich in einem Zustand *innerer Zerrissenheit.* Sie beginnt düster und bedrohlich, mündet danach in eine geradezu sanfte Jenseitigkeit, bevor sie wieder anhebt. Als wäre sie eine Mixtur aus *Wahnsinn und Walzer.*

Als die Musik einsetzte, versank ich geradezu darin. Ich sog sie mit allen Fasern meines Wesens auf. Mir war, als hätte ich mir jede Sequenz dieser Musik einverleibt. Die Musik brachte Saiten in mir zum Klingen, die mir bis dahin gänzlich unbekannt waren. Mich ergriff eine Art *Gefühlsüberschwang*, eine gewisse *Ekstase* oder noch besser: eine *Inbrunst*.

Erst viel später habe ich den passenden Begriff für meinen damaligen Zustand gefunden: *Enthusiasmus*. Die Bedeutung dieses Wortes ist sehr spezifisch: Ursprünglich bezeichnete es einen Zustand, in dem jemand eine schöpferische Inspiration erfährt. Im Enthusiasmus gibt es eine *Unterströmung* der Angst vor der Ernüchterung, vor dem Ende der traumwandlerischen Sicherheit. Das in etwa war die Stimmung, die mich seinerzeit erfasste. Sie hätte nie enden mögen.

*

Meine Gemütszustände wechselten zwischen *blinder, fiebriger Suche und Resignation.* Oft übergangslos und scheinbar grundlos. In der Suche kommt die Sehnsucht nach einem anderen, intensiven Leben zum Ausdruck, dem noch die Konturen fehlen. In der wehmütigen Stille der Resignation kommt die Verzweiflung darüber auf, dass die Wege verbaut erscheinen, um der trivialen Alltäglichkeit und Langeweile zu entkommen.

Obwohl sich die beiden Extreme meiner Gefühlswelt nicht im Gleichgewicht befinden, gibt es da etwas, das ständig in Bewegung zu sein scheint: man könnte von *einer latenten Bereitschaft zum Überschwang* sprechen. Diese entfacht sich noch am ehesten, wenn es gelingt, einen *Sinn für das Nächste* zu entwickeln. Das kann der erste Gesang der Amsel im Frühjahr sein, die Krone eines Laubbaums im Sonnenlicht; auch die plötzliche Stille einer Landschaft, so als würde die Erde schweigen, wie der *Schatten einer anderen Welt*, die mir schon seit Urzeiten bekannt ist.

*

Die *Wirklichkeit ist uns nie als Ganzes gegeben.* Vielmehr dringt sie in *Bruchteilen von Ereignissen* zu uns. Nur so können wir das Elend der Welt ertragen. Würde alles auf einmal auf uns einstürzen, müssten wir dem Wahnsinn verfallen. Viele Dinge ereignen sich gleichzeitig. Man könnte sagen: *Die Wirklichkeit ist von unfassbarer Gleichzeitigkeit.* Sie ist uns im Übermaß gegeben. Wir erfassen nur Segmente des Wirklichen. Im Nahbereich nehmen wir sie wahr, und im Denken können wir einige davon fixieren. Aber die Zusammenhänge des Ganzen bleiben uns verschlossen.

Große Künstler scheinen um das Problem gewusst zu haben. Auf ihren Gemälden stellen sie oft grauenvolle Ereignisse wie Höllenqualen dar und gleichzeitig zeigen sie unschuldige, heitere, alltägliche Menschen. Vielleicht ist es der Versuch, uns *die Gleichgültigkeit der Welt* vor Augen zu führen.

*

Bisher haben wir Menschen unsere Sache schlecht gemacht, wie ein Blick auf die menschliche Geschichte und den Zustand der Natur zeigt. Vielleicht wäre diese Einsicht ein Anlass, *Demut* zu üben. Wir wissen von der Entstehung der Welt und den Geheimnissen unserer natürlichen Umwelt noch so gut wie nichts, aber auch das scheinen wir nicht zu wissen. Demut wäre die Voraussetzung dafür, innezuhalten, uns Bilder von der Welt zu machen, von einem angemessenen Leben auf ihr. Aber die Erde schweigt, und die Stille dröhnt. Sich der Gnade eines solchen Augenblicks bewusst werden und hinhören, was die Dinge uns zu sagen haben, das wäre ein Anfang. Einen *Sinn für das Nächste* entwickeln – das könnte ein Weg sein, den jeder beschreiten kann. *In den kleinsten Dingen steckt oft das Universelle.*

*

Schaue ich zurück, muss ich feststellen, dass ich viele Jahre meines Lebens verloren habe. Dazu gehört die sog. *Jugendzeit* und die Zeit meiner beruflichen Tätigkeit; obwohl angefüllt mit Aktivitäten, war es eine *leere Zeit.* Man kann also die Zeit auch auf ganz andere Weise *verlieren* als *Proust.* Dieser sucht nach ihr und findet sie schließlich wieder. Ich dagegen möchte sie nicht wiederfinden, sondern *vergessen.*

Oft wurde das *Assoziationsvermögen* dieses Dichters bewundert; seine Fähigkeit, sich ganz absichtslos an scheinbar belanglose Dinge, vergangene Zeiten und Ereignisse zu erinnern. Übersehen wird dabei, dass es vor allem seine Begeisterung für die kleinen Dinge gewesen ist, die einen *Gedächtnisstrom* bei ihm in Gang setzte. Vielleicht ging es ihm gar nicht so sehr um die Erinnerung, als vielmehr um die Freude am abermaligen Erleben der Dinge. Oder war es doch eher der Schmerz über ihren Verlust?

Die Blumen, die damals auf dem Grase spielten, das Wasser, das hinfloß im Sonnenschein, die ganze Landschaft, die ihr Erscheinen umrahmte, begleiten auch die Erinnerung daran mit ihrem seiner selbst nicht bewussten, gedankenlosen Gesicht; und gewiß, wenn sie lange betrachtet wurden von dem bescheidenen Wanderer, von dem seinen Träumen nachhängenden Kind, hat dies Eckchen hier der Natur, jener Gartenwinkel dort nicht geahnt, dass sie es ihm zu danken haben, wenn sie dazu berufen sind, in ihren flüchtigsten Eigentümlichkeiten die Zeiten zu überdauern.

*

Es ist schwierig zu definieren, was unter *Glauben* zu verstehen ist. Es ist der Bereich dessen, was wir nicht mit Sicherheit *wissen*. Aber diese erkenntnistheoretische Einsicht führt nicht weiter. Vielleicht sollte man einfach sagen: *Glaube ist die Lebensgrundlage eines von Angst befreiten Daseins.* Der Glaube ist dabei in einem therapeutischen Sinne hilfreich. Er spendet Trost, Vertrauen und vielleicht sogar Erlösung. Dazu bedarf es keiner Kirche als Institution, die stets in der Gefahr steht, ein Eigenleben zu entwickeln. Wohl aber eines gütigeren, mitleidigeren Umgangs mit anderen Kreaturen. Die Evidenz des Glaubens besteht dann darin, anzuerkennen, dass alles, was existiert, seine Daseinsberechtigung hat. *Achtung vor dem Leben und vor der Schöpfung* wäre das oberste Prinzip eines universell lebbaren Glaubens.

*

Ist der Künstler eher *Mittler oder Schöpfer?* Vielleicht ist er beides. Er ist auf der Suche nach dem glückhaften Augenblick. Aufgrund einer ausgeprägten *Wahrnehmungsintensität* ist er in der Lage, sich der Gnade eines solchen Augenblicks bewusst zu werden. Es ist, als würden die Dinge zu ihm sprechen, und nur er allein ist in der Lage, deren Sprache zu verstehen. Es ist der Augenblick, wo ein *Sphärenklang der Schöpfung* ihn anweht, den nur er hört. Gelingt es ihm, ein solches Motiv aus sich heraufzuholen, gerät er in einen rauschhaften *Zustand des Nichtanderskönnens.* Es ist dieser Glücksfall, der ihn in die Lage versetzt, die Mauer, die uns umgibt, ein wenig durchlässiger zu machen.

*

Vorsicht ist geboten, sobald man in ein *Zufallsgespräch mit Unbekannten* verwickelt wird. Oft kommt es zu einem vorschnellen, vermeintlichen *Einverständnis,* das man hinterher bereut. Man stimmt einer Aussage zu, damit es zu keinem Dissens kommt, und schon wird man für etwas vereinnahmt, das man in Wirklichkeit ablehnt oder gar hasst. Eh man sich versieht, ist man dabei, einem Massenmord zuzustimmen.

Überhaupt ist dem Geselligen zu misstrauen, dem losen Spruch, dem *Prosit der Gemütlichkeit.* Übergangslos landet man bei schmutzigen *Liedern* oder *Witzen über Minderheiten.* Leutseligkeit gleitet über in

Dumpfheit, Grobheit und im Zweifelsfall in Gewalttätigkeit. Alles *Mitmachen* ist von Übel; man kommt aus einer derartigen *Verstrickung* nur schwer wieder heraus.

Auch unter Intellektuellen geht das harmlose Gespräch schnell in eine *Prestige-Konversation* über. Da verkehren meist *konkurrierende Bittsteller* miteinander, die sich ständig messen müssen. Arglos ist da keiner. Ich bin in solchen Kontexten meist sehr schnell verstummt, und jedes Wort, das gesprochen wurde, machte mich stummer.

*

Zu Unrecht gibt es eine gewisse Geringschätzung für *Dilettanten.* Ein Dilettant ist der Liebhaber einer Kunst oder Wissenschaft, der sich ohne schulmäßige Ausbildung und nicht professionell mit einer Sache beschäftigt. Er übt sie um ihrer selbst willen aus: aus Interesse, Vergnügen oder Leidenschaft. Der Dilettant hat eine menschliche Beziehung zu seiner Tätigkeit, da gewissermaßen der ganze Mensch in seinem Tun aufgeht. Er verfolgt keine externen Zwecke. Die Sache ist ihm Zweck.

*

Nicht aufgeben! Das war eine *Lebens-Maxime*, an die ich mich stets erneut klammern musste. Würde man auch nur einen Moment lang der *Resignation* nachgeben, geriete man in einen Strudel, aus dem es kein Entrinnen mehr geben würde. Das war mir schon recht früh klar.

Das hieß aber eben nicht, immer so weiter zu machen wie gewohnt. Im Gegenteil. Oft musste man mit dem Gewohnten brechen, neue Wege gehen, sich auf Unbekanntes einlassen. Ich habe oft genug zu lange gezögert und dadurch viel Zeit verloren. Aber immerhin habe ich die ein oder andere Entscheidung getroffen, die mir aus heutiger Sicht recht kühn vorkommt. Immerhin!

*

Die Psychoanalyse lehrt uns, sich vor der eigenen Kindheit zu fürchten. Zumindest teilweise hat sie damit recht. Für das Kind ist das Unbekannte nicht nur ein Raum der Möglichkeiten, sondern auch der Bedrohung. Notwendigerweise ist der *Möglichkeitssinn* des Kindes noch wenig ausgebildet. Da bleibt nur die Phantasie, die umso stärker ins Spiel kommt, als die *Realisierungsbedingungen* für Träume und Wünsche defizitär sind. Dadurch ist es ständig in Gefahr, gegen die festgefügten Normen der Alltagswelt zu verstoßen. Vor allem gilt dies für die (kindliche) Sexualität, die sich kaum entfalten kann. Oft nur im Verborgenen. Vielleicht rührt daher das schier unausrottbare *Schamgefühl*, das einen auch später noch heimsucht, ohne dass man es sich erklären kann. Im Zweifelsfall wird daraus eine latente Angst vor allem Neuen. Derartige Kindheitsgefühle wird man nie los.

*

Ich habe alle meine längeren Texte in völliger *Nüchternheit* geschrieben. Nur so war es mir möglich, den Dingen auf den Grund zu gehen, tiefer zu empfinden. Ansonsten hätte es enormer Rauschmittel bedurft, um diesen Zustand zu erreichen. Das wäre auf die Dauer gefährlich gewesen.

*

Es gibt so etwas wie die *Krankheit des Normalen*. Diese Formulierung widerspricht so sehr dem Alltagsverstand, dass man unwillkürlich ins Nachdenken gerät. Ein normales Leben zu führen gilt als ultima ratio. Was ist *krank* daran?

Es ist die Normalität selbst, die hinterfragt werden muss. Das Rituelle, Unhinterfragte, Gedankenlose, das zur Anpassung und zum Mitmachen einlädt; der Konformitätsdruck; die Unfähigkeit, innezuhalten, Fragen zu stellen, z.B. ob denn die Richtung stimmt, in der die Menschheit sich bewegt. Fängt man damit einmal an, gibt es kein Halten mehr. Vielleicht ist jegliche Kritik deshalb so verpönt. Sie ist unbequem, stört. Das *Mitmachen* verheißt Sicherheit, zumindest so lange, bis uns alles um die Ohren fliegt.

*

Das große Romanwerk über die *Verlorene Zeit* endet mit einem langen Kapitel über die *Wiedergefundene Zeit*. Es scheint zunächst, dass damit der Schmerz über den Verlust der Zeit, ja sogar der Erinnerung an sie, kompensiert werden kann. Dann je-

doch stellt sich heraus, wie porös diese ist.
Vor Ort zeigt sich alles ganz anders, als der
Verfasser es im Gedächtnis gespeichert hatte. Wieder überwiegt der Schmerz darüber,
dass er nicht einmal seinen Erinnerungen
trauen kann. So wie die Zeit sich nicht ban-
nen lässt, verhält es sich auch mit den Erinnerungen.

Es gibt eine *Melancholie der Erfüllung*. Immer, wenn sich Träume oder starke Wünsche realisieren, schmilzt der *Raum der Utopie und Sehnsüchte,* so dass sich ein Gefühl
der *Wehmut* einstellt. Der *Zustand des Hof-
fens* ist offenbar der dem Menschen adäqua-
tere, während die Erfüllung ein Gefühl des
Verlustes hervorrufen kann.

*

Nichts ist peinlicher, als nach dem eigenen
Befinden befragt zu werden. Meist liegt der
Frage eine gewisse Verlegenheit zugrunde,
weil der Andere nicht weiß, wie er ein Gespräch beginnen soll. Aber so harmlos ist
das Ganze nicht. Oft hat die Frage etwas
nahezu Hinterhältiges, das man schon am
Tonfall bemerken kann. Denn was soll man
antworten? Das es einem *gut geht?* Damit
macht man sich verdächtig, und geglaubt

wird es ohnehin nicht. Gibt der Fragende sich damit zufrieden, bekundet er damit seine Gleichgültigkeit dem Anderen gegenüber. Oder er sucht den kürzesten Weg, um über sich selbst zu reden. Oft geht es darum, sich vom Gegenüber zu unterscheiden, sich zu distanzieren. Die Frage, die eigentlich aufs *Intime* zielt, wird in die *Logik des Tauschs* überführt. Nicht um das Interesse am Anderen geht es, sondern um Selbstbestätigung und Dominanz. So will es das Gebot der Konkurrenzgesellschaft. Der Andere ist *Mittel zum Zweck*.

*

Zu behaupten, *der Mensch sei das Maß aller Dinge*, bedeutet in letzter Konsequenz, ihn selbst zum Ding zu machen, zum Objekt der Erkenntnis. Der *Rekurs aufs Subjekt* führt dazu, zu fragen, worin denn der Maßstab bestehen könnte? Im Umfang der *Herrschaft über die Dinge?* Zu Ende gedacht liegt darin etwas *Gewalttätiges*, denn in letzter Konsequenz wird der Mensch selbst dieser Herrschaft unterworfen; das liegt in der *Logik der Unterwerfung*, die eine der *Ausbeutung* ist.

Je mehr Dinge der Mensch unter seine Herrschaft bringt, desto größer ist die Gefahr, dass sie ihm entgleiten, dass sie sich ihm gegenüber verselbständigen. Diese Gefahr ist längst zur Realität geworden, und der Mensch ist ihr hilflos ausgeliefert. Ob wir uns dessen bewusst sind oder nicht: wir leben in einem Zeitalter *geistiger Erschöpfung; die alten Träume sind ausgeträumt.* Diese Erkenntnis macht es nur noch schlimmer; weshalb wir sie gerne verdrängen.

*

Ich frage mich oft, wie sich durch die massenweise Verbreitung der neuen Medien die Wahrnehmungsweise der Menschen verändert. Schon die Photographie hat die *Aura*, d.h. den natürlichen, durch Erfahrung gesättigten Raum des Erlebens, durch die Möglichkeit der mechanischen Reproduktion der Wirklichkeit zerstört. Im Gegensatz zur Kunst, die auf Übung und Können beruht, vor allem aber auf der Fähigkeit des Künstlers, sich in die Gegenstände seines Schaffens zu vertiefen, sich in sie hinein zu versetzen, Empathie zu entwickeln und seine Phantasie spielen zu lassen.

Der Photograph mag bei der Auswahl seiner Motive noch abgewogen haben; dagegen scheint der Benutzer des Handys geradezu wahllos drauflos zu fotografieren. Wo er auftaucht, blinkt und klickt es pausenlos. Er dreht sich gewissermaßen im Kreis und nimmt alles um sich herum auf. Aber nimmt er es auch wahr? Wohl kaum. Die neue Reproduktionstechnik verführt dazu, alles festhalten zu wollen. Auf diese Weise entstehen lauter Abziehbilder, aber es findet kein Erleben mehr statt. Derjenige, der mit dem Rücken zum Meer steht, um ein Foto von sich zu machen, schaut gar nicht mehr auf das Wasser. Ihm geht es nur noch darum, zu dokumentieren, dass er *da* war. Die Masse der Bilder ersetzt die Intensität der Erfahrungen. Sie sind sofort abrufbar und danach auch schon vergessen.

*

Es ist notwendig, die *Grenzen der Vernunft* anzuerkennen. *Wir erkennen die Wahrheit nicht allein mit der Vernunft, sondern auch mit dem Herzen,* hat einst *Pascal* gesagt. Recht eigentlich lässt sich sein gesamtes Denken in dieser Erkenntnis zusammenfassen. Er lehrt uns, dass es eine *Unendlichkeit von*

Dingen gibt, die die Vernunft übersteigen. *Das Herz hat seine Gegenstände, die die Vernunft nicht kennt.* Eine derartige Einsicht sollte demütig machen.

Für Pascal ist der Mensch ein *Wesen der Mitte – zwischen Größe und Elend; Unendlichkeit und Nichts.* Beides sind für ihn *Grenzbegriffe. Der Mensch ist nur ein Schilfrohr, das schwächste in der Natur;* er neigt einmal diesem, dann jenem Pol zu, ohne sich ganz auf eine Seite zu schlagen; er soll sich in der Mitte halten.

Er fragt *illusionslos* nach dem Standort des Menschen in der Welt. In ihrer *paradoxen Doppeldeutigkeit* gleicht seine Charakterisierung der menschlichen Existenzbedingungen einer *Bildbeschreibung;* Pascal schreibt überaus *anschaulich,* geradezu bildhaft. Er versucht, sprachlich das zu bewältigen, was anders nicht gesagt werden kann. Man könnte auch sagen: bei ihm erweitert sich das *Wortfeld* zum *Bildfeld.*

*

Ständig äußern sich *Psychotherapeuten* zu bestimmten *Leiden* von Menschen. Sie fungieren als eine Art *Ratgeber* und verfügen über ein ausgeklügeltes Reservoir an Formeln, mit denen sie ihre Klienten abfertigen, die ihnen ihre schmerzlichen Geheimnisse anvertraut haben. Auf diese Weise werden aus individuellen Leiden *Massenprodukte.* Statt sie zur *Arbeit der Selbstbesinnung* anzuleiten, erfahren die Belehrten, dass sie sich in guter Gesellschaft befinden; sie sind nicht die Einzigen, denen Leid zugefügt wurde. Damit verlieren ihre Leiden das Bedrohliche; sie werden gewissermaßen *Teil des genormten Lebens.* Das Leid wird als *Normalität* akzeptiert, aber keineswegs geheilt.

*

Ich schreibe meine Bücher, um zu erfahren, was in ihnen steht! Ich wundere mich jedes Mal wenn ich in eines meiner Bücher schaue, wie viel von dem, was ich da lese, unwiderruflich verloren gegangen wäre, wenn ich es nicht aufgeschrieben hätte. In die eigenen Bücher zu schauen, sich dabei überraschen zu lassen und über das Geschriebene noch einmal neu nachzudenken – das hat mittlerweile etwas Reizvolles. Früher habe ich mich den eigenen Texten eher *argwöh-*

nisch genähert, auch weil man sich selbst gegenüber immer der schärfste Kritiker ist.

*

Ein Philosoph äußert in einem Interview, dass er das Positive des Alters in der *Theoriefähigkeit* sieht, *in der Fähigkeit zu sehen, was ist, weil man nicht mehr durch die Zukunft korrumpiert wird.* Sobald man frei ist von externen Zwängen, erweitert sich der geistige Horizont und man riskiert mehr. Man spricht Dinge aus, die man früher womöglich relativiert oder verschwiegen hätte.

Im gleichen Interview wird er gefragt, wie er es mit *Gott* halte und ob er an die *Auferstehung* glaubt. Er – ein bekennender Skeptiker – antwortet: *Wenn der liebe Gott es gut mit mir meint, so soll er mich schlafen lassen und nicht aufwecken.* Eine Vorstellung, die jedem passionierten Langschläfer aus der Seele gesprochen ist.

*

Gedichte geben existentielle menschliche Erfahrungen wieder. Das können *Menschheitsprobleme* sein, vor allem aber sind es *subjektive Wahrnehmungen,* die einen *emotional* erfassen und beschäftigen. Oft fehlt ein Gegenüber, mit dem man sich austauschen könnte; dann macht man das Ganze eben mit sich selbst aus. Dieses Bedürfnis scheint uralt zu sein. Es geht möglicherweise sogar weniger darum, sich Anderen mitzuteilen, als mit sich selbst ins Reine zu kommen. Gedichte haben immer etwas *Intimes, Unhintergehbares.* Es sind *Offenbarungen* der tiefsten Empfindungen, und das erklärt auch die Scheu, sie publik zu machen.

Sobald es einen drängt, ein Gedicht zu schreiben, ist man mit sich allein und sollte gar nicht daran denken, ob sich jemand dafür interessiert. Er sollte sich die Frage gar nicht erst stellen. Die Poesie bleibt ein *Spiel,* das er mit einer Ernsthaftigkeit betreiben sollte, wie sie Kinder beim Spielen an den Tag legen. Im Moment des Spiels gehen sie ganz darin auf; es ist ihnen die Welt.

Günter Eich äußerte auf dem Sterbebett, *er wolle nur noch spielen.* Der Gedanke ans Spiel gab ihm die Möglichkeit, mit allem aufzuhören, denn der Spielende fragt nie: *Für wen eigentlich?*

*

Das Glück liegt nicht in den Dingen, sondern in uns. Was heißt das? Die Dinge bleiben uns äußerlich. Wir können sie betrachten, uns aneignen und in sie hineinversetzen oder was immer: sie bleiben uns äußerlich. Das Entscheidende ist: wir müssen zu uns selbst kommen, uns selbst entdecken, herausfinden, was uns gemäß ist, was wir aus uns machen wollen, wohin wir wollen. Auf diesem Weg sind die Dinge Begleiter, vielleicht auch Hilfen; aber abnehmen können sie uns diesen Weg der *Selbstfindung* nicht.

*

Die Dinge entgleiten uns. Diese Einsicht hat weitreichende Konsequenzen. Eine ist: wir produzieren ein Übermaß an *Objektivität,* die uns einengt und zu erdrücken droht. Die Dinge verselbständigen sich uns gegenüber. Wir begreifen ihren Sinn nicht mehr. Dieser Prozess scheint unumkehrbar zu sein.
Die Paradoxie besteht darin, dass mit dem Anwachsen der Dingwelt unser eigenes Selbst schmilzt. Wir mögen noch so viel konsumieren; reicher macht uns das nicht.

Je mehr Dinge wir anhäufen, desto abhängiger und unfreier werden wir. Wir haben ständig das Gefühl von Ungenügen, etwas zu versäumen. Ein *Innehalten* ist kaum noch möglich. Würden die Menschen *in ihr Inneres schauen*, wäre da eine große *Leere*.

*

Die Aufforderung, ein *Selbst* zu sein, ein *Ich* oder eine *Identität* auszubilden, hat etwas Gewaltsames. Das Kind lernt, indem es *nachahmt*, auf *spielerische Weise* und im Bestreben, etwas Eigenes auszudrücken, zeigt sich das je Individuelle. Man könnte sagen, mit jeder Phase der Entdeckung seiner Welt übt sich das Kind herauf. Dennoch erscheint die erwachsene Weltansicht, die in Wirklichkeit ein Resultat ist, als ursprünglich, auch deshalb, weil sich während des *Erfahrungsaufbaus* entlastende, abgekürzte, d.h. *symbolische Formen der Wahrnehmung* herausgebildet haben, die den kindlichen Aneignungsprozess verdecken. Mit der Sprache, die ausschließlich in Symbolen lebt, gelingt immer mehr die *Loslösung* von aktuellen Situationen, da sie in nahezu unbeschränkter Weise frei verfügbar ist.

Das Entscheidende ist: all dies ist *gesellschaftlich vermittelt*. Das Ich ist stets in die Gesellschaft verflochten; es verdankt ihr im buchstäblichen Sinne sein Dasein.

Somit heißt das *Erkenne dich selbst* vor allem, sich in *Relation zur Welt* zu sehen. Da wir zugleich *Subjekt des Erkennens* sind, kommt es zu einer eigentümlichen *Duplizität:* wir reflektieren auf uns und gleichzeitig auf die Welt, auf unser Verhältnis zu ihr. So läuft alles darauf hinaus, den eigenen Platz in der Welt zu bestimmen. Das verstockte Beharren darauf, ein *Ich* zu sein, wird zur *Zumutung,* ein Ich zu sein. Da wir keine Monaden sind, befinden wir uns immer in Relation zu unserem gesellschaftlichen Dasein. Eremiten sind nun einmal recht seltene Exemplare.

*

Ich befand mich oft in *Situationen,* in denen ich mich behaupten musste. Wie viel lieber hätte ich von *anmutigen Landschaften* geträumt, von *freundlichen Menschen.* Dem war leider nicht so; selbst in den Träumen nicht. Sie kommen wie sie wollen; oft von weither und zeugen davon, *dass es im tiefs-ten Innern noch immer rumort.*

Aber gesagt wird auch, *dass es die Erfahrung des Widerstands ist, die uns überhaupt erst das Gefühl gibt, zu leben.* Ist das so?

*

Die *moderne Unruhe* hat damit zu tun, dass die Menschen mit *Informationen und Inter-pretationen* überflutet werden. Das überfor-dert sie. Was die Vielzahl der Meinungen und Ansichten angeht: mit ihrer Anzahl steigt die Desorientierung und Unsicher-heit. Es besteht die Gefahr, dass jegliche Bedeutung sich *auflöst*, beliebig wird. Der Begriff, der am häufigsten verwendet wird, um diesen Zustand zu charakterisieren, ist ‚*Komplexität*'. Es scheint ein tröstlicher Be-griff zu sein. Er sagt etwas über die Zer-splitterung unserer Wahrnehmungen und gibt gleichzeitig vor, dass es im Wirrwarr der Meinungen systematische Strukturen gibt.

Mir scheint, dass der Begriff zumindest teilweise dazu missbraucht wird, die tat-sächlichen *Machtstrukturen* in der Gesellschaft zu verschleiern. Wenn etwas als *komplex* bezeichnet wird, meint man damit auch, es ist *undurchschaubar, konturlos, unbegreiflich.* Um diesem Dilemma zu entgehen, wurde vorgeschlagen, eine *Reduktion von Komplexität* vorzunehmen. Das soziologische Konzept sieht vor, die Gesellschaft in lauter *Subsysteme* aufzuteilen; von der *Wirtschaft,* über das *Recht* bis zur intimsten Form von Gemeinschaft – der *Liebe.* Es wurde davon ausgegangen, dass jedes dieser Subsysteme *seine eigene Logik* besitzt und die zunehmende *Rationalität der Subsysteme* dazu beitragen würde, die *Rationalität des Ganzen* zu befördern. Der Gedanke hat etwas Faszinierendes. Aber was, wenn sich diese Teilsysteme nicht mehr zu einem Ganzen zusammenfügen? Darauf bleibt das Konzept die Antwort schuldig.

*

Musils ‚Mann ohne Eigenschaften' war in Wirklichkeit ein Mann, der (zu) viele Eigenschaften besaß. Sein Anliegen, einen *Möglichkeitssinn* zu entwickeln, um dem Denken und der Phantasie Raum zu schaffen, führt dazu, dass er sich in vielen *Arenen* bewegt, ohne irgendwo Fuß zu fassen.

Obwohl er ein durch und durch *reflexiver Mensch* ist und sich ständig Rechenschaft darüber ablegt, *wer wir sind, was wir tun und wie wir handeln sollten*, gelingt es ihm nicht, all seine *Rollen und Identitäten* zusammenzuhalten; sie zu einer *Persönlichkeit* zu integrieren. Auf diese Weise kommt das ständige *Gefühl des Mangels* auf. Am Ende entsteht der Eindruck, er *trauere um etwas, ohne zu wissen, um was.*

*

Die Anmutung, immer *weiterzumachen,* hat etwas Ambivalentes. Sie meint ja wohl nicht, im alten Trott zu verfahren, in gewohnten Routinen zu verharren oder die Augen vor den Zuständen um uns herum zu verschließen. Auch nicht, zu glauben, es werde schon alles nicht so schlimm kommen. Dieser *ruchlose Optimismus* ist nicht gemeint. ‚Weitermachen' muss vielmehr bedeuten, sich zu verändern, immer wieder neu zu beginnen, offen zu sein für neue Möglichkeiten. Es geht darum, seinem Dasein eine *zentrierende Tiefe* zu geben, statt die Zeit, die einem gegeben ist, nur herumzubringen. Zeit, die nutzlos vertan wird, ist *pure Gegenwart, die zu nichts führt, ein endlo-*

ses Auf-der-Stelle-Treten. Man würde sich damit abfinden, dass *keine Veränderung möglich ist, nicht einmal in der Vorstellung.*

*

Der modernen *Naturlyrik* geht es im Unterschied zu den *Romantikern* nicht um die Verklärung ländlicher Idylle, sondern darum, die natürlichen *Kreisläufe* der *Jahreszeiten,* in die die Menschen eingebunden sind, darzustellen. Es ist die Erfahrung, dass die Natur dem Menschen etwas zurück gibt; das führt zu *Momenten der Glückseligkeit,* aber auch zur *Erkenntnis,* dass wir ein Teil von etwas Größerem sind. Letzteres verlangt *Demut,* und daran mangelt es fast vollständig.

*

Künste sind Brücken über Abgründe. Sie gehen oft aus *abgründigen Erfahrungen* hervor, auf die sie Antworten suchen. Abgründe tun sich zwischen Menschen auf, in uns selbst und zwischen ganzen Kulturen. Kunst besteht im Versuch, diese zu überwinden und in der Fähigkeit, sich auf den Weg zu machen. Das *Selbst* verfährt dabei

48

wie ein Maler, der ein Bild vor seinem *inneren Auge* sieht, schließlich irgendwo anfängt, wieder einen Schritt zurücktritt und dann weiter malt. Es ist der *Übergang* von einer *Vision,* von einer *unbestimmten Ahnung zur bestimmten Form.* Der Künstler muss eine *Wahl* treffen; vom *Irgendwie* zum *So und nicht anders* – es ist eine Abfolge konkreter Handlungen und Entscheidungen – der Weg von der *Möglichkeit zur Wirklichkeit.*

*

Die intensivste Form der *Selbstbesinnung* ist das *Selbstgespräch.* Es ist eine Art *innerer Diskurs,* der wenig strukturiert ist. Das Ich hört in sich hinein und überlässt sich seinen *Gedanken, Ängsten, Träumen oder Sehnsüchten,* die zu ihm zu sprechen beginnen. Auch wenn dieser Prozess kein festes Ziel hat, so handelt es sich doch um den Versuch, durch die *Kommunikation mit sich selbst* mehr Klarheit über seinen Standort in der Welt zu gewinnen.

*

Bei der *Melancholie* handelt es sich nicht wie bei einer *Depression* um eine Krankheit, sondern um eine *Lebensauffassung oder Haltung*, die um die *Brüchigkeit der menschlichen Existenz* weiß. Letztlich beruht sie auf der *Fragwürdigkeit des modernen Zeitbewusstseins*, des *linearen, gleichförmigen Zeitvergehens* sowie dem Wissen darüber, dass die menschliche Lebenszeit begrenzt ist. Aus dieser Einsicht entsteht das unbestimmte *Gefühl der Bedeutungs- bzw. Sinnlosigkeit* menschlichen Bestrebens, da dieses der Vergänglichkeit anheimfällt.

Sich dessen bewusst zu sein, kann aber auch zur Grundlage einer Haltung werden, dem entgegen zu wirken und seinem endlichen Dasein *Sinn* zu verleihen. In *reflexiver Distanz* zu der Art und Weise, wie Menschen gewöhnlich ihr Leben verbringen – als eine Aneinanderreihung sich ständig wiederholender Routinen und Gewohnheiten – ist der Melancholiker sich der Kostbarkeit seiner knappen Lebenszeit bewusst.

*

Die Sprache, die wir erlernen, steckt voller *Wahrnehmungs- und Urteilskonformitäten*, die

Realität in einer bestimmten Weise zu sehen. Sich davon zu befreien, ist eine Schwierigkeit, der sich jeder Schriftsteller stellen muss, will er zu seiner eigenen Handschrift, zu seinem ureigenen Stil finden. Der erste und vielleicht entscheidende Schritt besteht darin, *Distanz zur Alltäglichkeit,* die ihn umgibt, zu gewinnen.

*

Immer öfter stellt sich die Frage, ob die Literatur nicht eines Tages überflüssig wird. Die Frage stellt sich, weil die Menschen die Fähigkeit verlieren, zu *imaginieren.* Sie verlernen, eigene Bilder und Vorstellungen zu produzieren. Sie sind mehr und mehr darauf angewiesen, dass ihnen *fertige Bilder* vorgesetzt werden. Alle erzählerischen Zusammenhänge verwandeln sich in einen unüberschaubaren *Bildsalat,* und das Bedürfnis nach immer neuen Bildern wird übermächtig. Es wird zur Sucht.

*

An großen Künstlern fasziniert vor allem ihre *Haltung;* menschlich und künstlerisch. Viele haben schwere Zeiten erlebt. Aber in ihren Figuren, die sie darstellen, darf nie das *Dramatische, Künstliche, Überbetonte* dominieren. Wenn überhaupt, sollte eine Art ‚*kreativer Resignation*' zum Ausdruck kommen. Erst dadurch eröffnet sich ein neuer Horizont: Ihr *Skeptizismus* sollte auf eine *überlegene, weise, über den Dingen stehende Haltung* verweisen. Sie müssen die Niederungen des Zweifels durchschreiten und dürfen sich die Welt nicht schön reden. Erst dann sind sie bei sich angekommen. Ihr Credo könnte lauten: *Am Ende siegt das Schöpferische!* Darin liegt das Tröstliche und wenn man so will: das *humanistische* Kernanliegen der Kunst.

*

Schreiben ist ein ‚ideeller Hinterhalt'. Was kann man darunter verstehen? Vielleicht ist es – wenn sich alle Wege ins Leben als *Irrwege* erweisen – eine Art *Ausweg* oder *Rückversicherung;* dass da noch etwas ist, was einem bleibt; das man es auf jeden Fall noch einmal versuchen müsste. Es ist gleichzeitig *Geheimnis und Trost* für den, der noch nicht bei sich angekommen ist.

*

Hegels *Leiden an der Unbestimmtheit* beruhte darauf, dass er seinen Zeitgenossen vorhielt, die *Möglichkeiten der Moderne*, ihre Institutionen und Freiheitsrechte, nicht hinreichend erkannt und ausgeschöpft zu haben.

Heute stellt sich der Sachverhalt anders dar. Wir leiden nicht an der *Unterkomplexität der Moderne*, sondern am *Übermaß an Möglichkeiten*, die uns eine Entscheidung erschweren. Die Frage, *wie wir künftig leben wollen*, also die alte Frage der Philosophie, ist immer schwieriger zu beantworten. Eine Rückkehr zum *einfachen, Ressourcen schonenden Leben* ist angesichts der ökonomischen Dynamik und mächtiger Interessen kaum vorstellbar.

So wird die *Freiheit, alle möglichen Dinge zu tun und auszuschöpfen*, zu einer Art *Verhängnis*. Und es gibt keine Instanz, die das verhindert. Ein Grund ist die *Ungleichzeitigkeit der Entwicklungsmöglichkeiten*. Die ‚fortgeschrittenen‘ Länder halten an ihrem *Umwelt zerstörenden Wohlstand* fest; die sogenannten *Entwicklungsländer* wollen diesen Wohlstand allererst erreichen. So entsteht eine schier unauflösbare Dynamik, der kaum Einhalt geboten werden kann.

*

Worin besteht das *Poetische?* Es könnte darin liegen, dass der Schriftsteller die *Verwobenheit der Dinge* sichtbar macht. Er öffnet sie *mystischen Zugriffen* und *Transformationen*, die er durch seine formale Gestaltung aus der Alltäglichkeit ihres Daseins heraushebt und sie neuen, so noch nie dagewesenen Erfahrbarkeiten und Wahrnehmungen zugänglich macht: durch *Konstruktionen* und *Fiktionen*.

Eine spezifische Variante dieses Vorgangs besteht darin, dass er sich auf die Dinge, die ihn umgeben, einlässt, ihnen nachsinnt, sich in sie gewissermaßen *einschließt*. Darin besteht die *schöpferische Synthese*, dass sie das *Alltägliche pathetisiert* und dadurch ein *Besonderes veralltäglicht*.

Epiphanie wäre ein Schlüsselbegriff, um diese Vorgänge zu erklären: man nimmt ein zufälliges *Ding* wahr, und ganz *ungewollt* und *unbewusst* kommt ein *Bewusstseinsstrom* in Gang aus *Erinnerungen, Phantasien, Träumen oder Sehnsüchten*.

Aufgabe des Schriftstellers muss es sein, *Alltagsdinge*, an die er *Assoziationen* knüpft, zu einem Erzählmodus zu entwickeln; oft sind es beliebige Dinge, aus denen er Sinnfolgen knüpft. Diese Technik ist an *Joyce* zu studieren, für den Epiphanien ‚*die plötzliche Offenbarung der Weisheit eines Dinges oder eines Augenblicks sind, in dem die Bedeutung des gewöhnlichsten Gegenstandes zu erstrahlen scheint'*.

Seiner Ansicht nach sind solche Epiphanien dem Künstler vertraut, und er muss nach ihnen Ausschau halten. Sie offenbaren sich oft in zufälligen, belanglosen und unauffälligen oder unangenehmen Augenblicken. Der Schriftsteller hat die Epiphanie mit äußerster Sorgfalt aufzuzeichnen, da sie selbst die zerbrechlichsten und flüchtigsten aller Momente sind.

*

Aufgabe des *Schriftstellers* ist es, all die *flüchtigen Momente der Wahrnehmung* festzuhalten, die von den Dingen ausgehen oder auf sie gerichtet sind. Man könnte auch sagen: Der Schriftsteller versucht, einen *Zusammenhang der isolierten Dinge* herzustellen, sie zu integrieren. Daraus entstehen die *poetischen Effekte;* es sind *Augenblicke der Erkenntnis,* die einem plötzlich bewusst werden. Es eröffnet sich uns ein *Sinn,* und es entstehen bestimmte *Assoziationen.* Unsere *Einfälle* verbinden sich mit früheren Wahrnehmungen und Gedanken. Auf diese Weise entsteht ein *innerer Text,* eine Art *Selbstkommentar.* Was da entsteht, ist etwas *Flüchtiges, nichts Festes.* Es handelt sich vielmehr um einen nicht enden wollender *Prozess der Umformung und Umdeutung*

*

Die *ästhetische Anschauung* ist nur dem möglich, der zumindest vorübergehend aus der *linearen Zeitordnung,* der sog. *objektiven Zeit* aussteigt. Dieses *Sich-Losreißen* von der objektiven Zeit geschieht vor allem dadurch, dass es einem gelingt, sich ganz auf eine Sache oder einen Gegenstand einzulassen, sich darin zu vertiefen. Das können durchaus ganz gewöhnliche *Alltagsdinge* sein, bei denen man eine zeitlang verweilt, Erinnerungen assoziiert und sie vielleicht zum ersten Mal wirklich bewusst wahrnimmt. Es entwickelt sich so etwas wie ein *Aufmerksamkeitssinn.*

*

Die ästhetische Anschauung geht der *Kunstanschauung* voraus; letztere ist *reflektierter*, während die ästhetische Anschauung noch eng mit den sinnlichen Gewissheiten des alltäglichen Lebens verwoben bleibt.

*

Der *Mittagsschlaf* ist ein Akt des Widerstands gegen das Diktat des *modernen Zeitregimes*, das den Menschen ohne Rücksicht auf den biologischen Rhythmus in Beschlag nimmt. Dem Mittagsschlaf haftet in unserer Kultur etwas Unseriöses, geradezu Verbotenes an. Mitten am Tag zu schlafen – das gehört sich nicht.
Dem *passionierten Mittagsschläfer* geht es nicht in erster Linie darum, seine Arbeitskraft zu regenerieren, um sich noch effektiver in einen fremdbestimmten Arbeitsprozess einzubringen. Er weiß, wie wichtig es ist, sich eine Zeit der Muße, des Nachsinnens, des Träumens zu gönnen, um seine Sinne zu erfrischen und sein Wohlbefinden zu fördern. Er besitzt die Eigenschaften eines *Künstlers*: er beherrscht die *Kunst des Mittagsschlafs*.

*

In den *Träumereien eines einsamen Spazier-gängers* von *Jean-Jacques Rousseau* findet sich eine Stelle, wo es um den Begriff *rêverie* geht. Der meint so etwas wie: *Zeitenthobenheit, Träumerei, Nachdenken, Geruhsamkeit, Meditieren.*
Im Nachwort heißt es: *Träumend wird er sich seiner Existenz bewusst.*

*

Barlach gelingt es auf verblüffende Weise, mit wenig Aufwand erstaunliche Wirkungen zu erzeugen; z.B. bei den Figuren, die *menschliche Befindlichkeiten* ausdrücken.
Ihm ging es darum, *die wirkliche Welt ganz und gar darzustellen* – nicht nur die sichtbare, sondern eine neu geschöpfte. Barlach hat sich nie mit einer einzigen Kunst begnügt. Ihm war die Plastik zu *körperlich* – *nicht genug Seele.* Das Schreiben wiederum war ihm nicht *plastisch* genug. Deshalb zeichnete und formte er.

So fällt sein plastisches und zeichnerisches Werk ziemlich *literarisch* aus, während das

Schreiben *bildhaft* eindringlich ist und sich zeitweilig zu einem romantisierenden Phantasieren versteigt. Aber da gibt es noch eine andere Seite bei ihm: das ist eine besondere Form der *Gläubigkeit*. Er selbst sagt von sich:

Ich gehöre zu den gläubigen Menschen, deren Letztes allerdings sich nicht in Worte bringen ließe, indem ich der Überzeugung bin, dass die mir gegebene Sprache und Darstellung – wenn auch stammelnderweise – von Etwas zeugt, das vom Wort, von Wille, Verstand und Vernunft überhaupt nicht berührt wird. Es sei denn in einer Art 'Kunstsprache', vermöge übervernünftiger Eigenschaft als Schönheit, Größe, Majestät oder erschütternde Eindringlichkeit, was vom Jenseits der Wortmathematik kommt, nicht gewollt, gelernt, gewonnen oder ursächlich erkannt werden kann, sondern zweckfreie Gnade ist.

Barlachs Figuren zeugen von einer konsequenten *Ablehnung alles Dramatischen, Künstlichen, Überbetonten*. Wenn überhaupt, könnte man von einer Art *kreativer Resignation* sprechen. Dadurch eröffnet sich ein neuer Horizont: Der Skeptizismus, der im gesenkten Blick der Skulpturen zum Ausdruck kommt, könnte auch eine *überlegene, weise, über den Dingen stehende Haltung* sein. Die Botschaft könnte lauten: *Am Ende siegt das Schöpferische.*

*

Man entdeckt die Dinge durch die Erinnerung, die man daran hat. Sich an etwas zu erinnern bedeutet, es – jetzt erst – zum ersten Mal zu sehen. (Cesare Pavese)

*

Das unverbindliche, oft nur um der Unterhaltung willen geführte, zwanglose Gespräch wird *Konversation* genannt. In den großen Gesellschaftsromanen gibt es reichhaltigen Anschauungsunterricht. Sie sind voll von oft inhaltsleerem, belanglosem Geplauder, wo es nur darauf anzukommen scheint, sich im richtigen Moment in Szene zu setzen. In den besseren Kreisen geht es meist um *Herkunft*, Verwandtschaftsbeziehungen und vor allem ums *Geld*.

Unter Intellektuellen gehört es zur Gepflogenheit, kundzutun, mit wem sie in Kontakt stehen. Alles dient dazu, zu dokumentieren, dass man dazu gehört, sich einen Platz unter seinesgleichen gesichert hat. *Prestigekonversation* wäre der passende Begriff für diese Art der Kommunikation.

All diese Mitteilungen lassen sich am besten in Form von *Anekdoten* darbieten. Wer diese Kunst beherrscht, dominiert jede Konversation. Auch hier macht die Übung den Meister. Bei genauer Beobachtung kann man bemerken, dass die meisten dieser Anekdoten wohl schon des Öfteren dargeboten wurden. Sie werden routiniert erzählt, und es geht einem wie beim Erzählen von Witzen: kennt man sie schon, verlieren sie ihren Reiz.

Ein Wesensmerkmal aller Konversationen ist die *Vermeidung von Pausen;* also plaudert man unentwegt: über Reisen, Krankheiten, Kochrezepte, und wenn einem gar nichts mehr einfällt, über Abwesende. Das Aussetzen des Redeflusses wird als unangenehm oder gar peinlich erfahren. Daher geht das Gerede pausenlos weiter. Alles andere würde *Leerlauf* oder gar *Langeweile* erzeugen.

*

Das wahre *Erzählen* besteht darin, das jeweilige Ende nicht zu kennen, nicht zu wissen, worauf es hinausläuft. Das macht den Reiz des Erzählens aus. Wäre es anders, würde man gewissermaßen einem Drehbuch folgen und dieses lediglich abspulen. Man würde es der Erzählung anmerken. Ihr fehlten die Umwege und vieles von dem, was ihr *schöpferisches Potential* ausmacht: *Neugier; Phantasie; Überraschendes* hervorzubringen. Vor allem aber auch das Abenteuer, *sich selbst zu überraschen.*

*

Jemand wie *Ezra Pound* sieht die Dinge aus einer anderen als der uns vertrauten Perspektive. Die Begriffe des *Raumes*, der *Zeit*, der *Identität*, werden bei ihm *relativ*. Er wurde zu einem Medium, durch das sie *hindurch ziehen.*

Um der Dinge *innezuwerden* und eine tiefere *Identität* zwischen Dingen und Menschen zu erfahren, bedarf es bestimmter *Kontextbedingungen*. Pound wurde in einem amerikanischen Gefangenlager monatelang in einen kleinen Käfig gesperrt, ohne Kontakt zu Mitmenschen und Außenwelt. Auf diese Weise zur *Stummheit* verurteilt, lernte er eine *neue Sprache*. Er löste sich von der Schriftsprache und *kommunizierte* mit den kleinsten Dingen der Natur: den Insekten, Ameisen, einer Wespe, die sich in seinem Käfig ein Nest baute, einem Falter, der sich dahin verirrte, den Vögeln, deren Gesang er wahrnahm. Er beobachtete sie und versuchte, eine Sprache für seine Wahrnehmungen zu kreieren. In einem seiner Texte heißt es: *Eine Eidechse stand mir bei.*

*

Kann es sein, dass in einer früheren Phase der gesellschaftlichen Entwicklung die Menschen ihre Blicke stärker auf die Dinge selbst richteten, weil die Kenntnis ihres *Gebrauchswerts* überlebensnotwendig war? Heute scheint es so zu sein, dass die Dinge auf die Menschen blicken – in Gestalt von *Konsumangeboten*. Und vor allem: alles hat seinen *Tauschwert,* der alle übrigen Bedeutungen überformt.

*

Der Mensch ist der Inbegriff seiner Möglichkeiten, heißt es. Diese zu realisieren, setzt voraus, dass er den *Alltag* überwindet, der aus *Mittelmaß, Normierung, Verflachung, Routinen und Langeweile* besteht. Um zu überleben, fügen sich die meisten Menschen dem ein. Ihnen fehlen die *Phantasie und die Ressourcen*, sich ein anderes Leben einzurichten. Im Gegenteil. Mangels Alternativen verteidigen sie das Leben, das sie führen, als *Normalität*. Abweichungen werden sanktioniert – als Größenwahn oder Spinnerei. Das Wagnis, sich auf die *Suche* zu begeben, gehen nur Wenige ein. Dabei ist die Suche *der immerwährende Versuch, anders zu leben*, seine Träume zu realisieren, und das heißt: so zu leben, wie es einem gemäß ist. Nichts ist schwerer als das!

*

Mit dem Begriff *Unterströmung* lassen sich Vorgänge beschreiben, die wir ins *Vorbewusste abdrängen*, um nicht ständig mit ihnen konfrontiert zu sein; gleichwohl bleiben sie *virulent* – im wahrsten Sinne des Wortes: sie wirken wie *schleichendes Gift*.

Eine Art Gegenbegriff wäre *Überschwelligkeit*. Diese könnte man so verstehen, dass *Bedeutungen* über ein einzelnes Ereignis hinausweisen; beispielsweise ein Erdbeben als Strafe Gottes. Der Begriff bezeichnet Ereignisse, die wir in ihrer Komplexität und Wirkung nicht überschauen.

*

Ist es ein Zufall, dass viele *Künstler* Melancholiker sind? *Melancholie ist das Unterfutter der Utopie.* Der Melancholiker nimmt die Distanz zu den übrigen Dingen wahr, und als Künstler transformiert er sie in die ihm gemäße Form. Er will sich mit den Gegebenheiten nicht abfinden, will sie ändern, will ihnen die noch unentdeckten *Möglichkeiten* ausleuchten.

Künstler sind *Möglichkeitsmenschen,* mit einem *Möglichkeitssinn* ausgestattet. Sie gehen davon aus, *dass alles, was ebenso gut sein könnte,* mit zu bedenken ist *und das, was ist, nicht wichtiger zu nehmen ist als das, was nicht ist.* Es ist die Konsequenz aus der Anwendung ihrer schöpferischen Fähigkeiten. *Sie leben in einem feineren Gespinst von Dunst, Einbildung, Träumerei und Konjunktiven.*

Dabei weiß der melancholische Künstler sehr wohl um die *Grenzen* seiner Möglichkeiten, aber diese schöpft er aus. Vor allem weiß er um die *Endlichkeit des Lebens.* Aber genau diese Einsicht in die knappe Zeit, die ihm bleibt, ist ein wesentliches Motiv seines Schaffens. Um das Dasein zu ertragen, sollte seine Melancholie gepaart mit *Ironie und Humor* sein. Er versinkt nicht in *Schwermut,* sondern richtet sein Schaffen auf *Heiterkeit* aus: auf die *Heiterkeit des Kreativen!*

*

Jedes *Kunstwerk* ist gleichzeitig ein *Ding;* ja man kann sagen: *es bewahrt die Dinge vor dem Verlust.* Aber das Kunstwerk ist eben auch mehr als bloßes *Dingsein,* weil es *als Symbol auf etwas verweist* oder als *Allegorie etwas anderes zu verstehen gibt.* Insofern ist das Kunstwerk nicht bloß ein Gegenstand, sondern es steht in seiner Bedeutung für sich selbst. Es eröffnet seine eigene Welt und ist unabhängig von der Subjektivität seines Schöpfers oder Betrachters. Es *öffnet* oder *verschließt* sich gleichermaßen. *Es stellt sich selbst dar, es steht für sich* und das gerade ist es, was den Betrachter zum Verweilen nötigt.

*

Naturerfahrungen scheinen mit zunehmendem *Alter* immer wichtiger zu werden. Zumindest nimmt man sie bewusster wahr. Die unscheinbaren *Blumen am Wegesrand,* deren Namen man nicht kennt, versetzen einen unmerklich *in eine andere Sphäre;* nicht ins *Unwirkliche,* sondern es ist, als würde man eine *Schwelle* überschreiten – in einen anderen Raum der *Wahrnehmung* und des *Empfindens.* Als würde einem ein *Geschenk* zuteil. Kein Wunder, dass man in vielen *Gedichten* so etwas wie *verdichtete Naturerfahrungen* wiederfindet.
Etwa bei *Günter Eich:*

Wer möchte leben ohne den Trost der Bäume! / Wie gut, dass sie am Sterben teilhaben! /... Dem Vogelzug vertraue ich meine Verzweiflung an. / Er misst seinen Teil von Ewigkeit gelassen ab. / Seine Strecken / werden sichtbar im Blattwerk als dunkler Zwang, / die Bewegung der Flügel färbt die Früchte. / Es heißt

*Geduld haben. / Bald wird die Vogelschrift ent-
siegelt..*

*

Dichtung sollte immer auch eine des *einfachen Lebens* sein; damit würde sie keineswegs profaniert. Im Gegenteil. Alles, was
noch nicht durch einen *Filter der Moderne*
gegangen ist, verweist auf jene *ersten und
einfachen Dinge,* die gewissermaßen die
Muttersprache der Dichtung sind. Es sind
Dinge, die man nicht suchen muss; sie
kommen ganz einfach vor, man muss sie
nur wahrnehmen. Kaum sind sie benannt,
werden sie zum *Symbol:* Das Meer ist nicht
mehr nur das Meer; der an den Strand ge-
spülte Müll ist nicht nur Müll. Ihr *Verweis-
charakter* wohnt ihnen inne; wir können uns
dem kaum entziehen. Das ist der Moment,
in dem Dichtung entsteht.

*

Die Weisheit der Indigenen: Indigene Völ-
ker haben ein ganz anderes Verhältnis zur
Natur als wir. Sie sagen: Für uns, die wir
uns als ein Teil von ihr verstehen, ist die
Natur fundamental. Wir verstehen uns als

Teil, nicht als Zentrum der Natur. Wir gehören zu ihr wie alles Belebte und Unbelebte, wie die Steine, wie der Mond oder die Sonne, unter deren Fluss wir leben. Für uns bedeutet Natur ein Ort der Zugehörigkeit.

Eine derartige Einstellung ist unserer Lebensweise, die auf der *Beherrschung und Ausbeutung* natürlicher Ressourcen beruht, weit überlegen.

*

Hinsehen. Hinhören. Hindenken. Darum geht es. Auf diese Weise nehmen wir die übersehenen, verdrängten und vergessenen *Orte und Dinge* wahr. Es geht schlichtweg um *die Würdigung der verschwindenden Dinge,* und mehr und mehr dabei auch um die *Sensibilisierung für eine Sprache,* die diesen Dingen gerecht wird und die ebenfalls zu verschwinden droht. Kunst und Literatur werden so zum *kulturellen Gedächtnis.*

*

Fragt man nach der *anthropologischen Basis* unserer *Kunst-Erfahrung,* so stößt man darauf, dass es so etwas wie einen *Resonanz-*

boden für Kunst in uns selbst geben muss. Dieser besteht in der Art und Weise, wie wir künstlerische Anreize aufnehmen und deuten. Es gibt mithin immer schon ein gewisses Vorverständnis dessen, was uns gefällt, anspricht oder zu Reflexionen anregt. Wir knüpfen stets – auch in unserer sinnlichen Wahrnehmung – an ein bereits vorhandenes Verständnis an. Am stärksten ist dies wohl beim *Musikhören* der Fall; das Ohr hat gewissermaßen ein *Gedächtnis*, und es fällt uns schwer, *Hörgewohnheiten* abzustellen bzw. zu überwinden. So kann das Hören neuer Musik geradezu Schmerzen bereiten, und es dauert eine Weile, bis man sich an einen bestimmten Klang *gewöhnt*.

Das ist – in abgemilderter Form – in der Kunst nicht anders. Es ist daher kein Wunder, dass jede neue Kunstrichtung, bevor sie sich etabliert, auf vehemente Ablehnung stößt; abgesehen davon, dass dabei immer auch Interessen derjenigen im Spiel sind, die bislang das Kunstgeschehen dominiert haben.

Das alles deutet darauf hin, dass unsere Wahrnehmung überaus *konservativ* ist. Wir knüpfen zunächst einmal an das Bekannte an, das uns Sicherheit gibt. Erst dann öffnen wir uns für neue An- und Einsichten. Das Ganze ist ein Lernprozess.

Stellt sich die Frage: Was ist dieses *Mehr*, das hinzukommt oder anders ist als das Bisherige, wodurch die Kunst erst zu dem wird, was sie ist? Diese Frage ist schwer, wenn überhaupt, zu beantworten. Nicht umsonst hat sich *Kant* geweigert, *das Schöne* inhaltlich zu bestimmen. Er sagt nur: *Das Schöne ist das, was ohne Begriffe, als Objekt eines allgemeinen Wohlgefallens vorgestellt wird.* Es ist ‚mehr' als ein subjektives Geschmacksurteil, da auch alle Anderen dieses ‚allgemeine Wohlgefallen' erfahren können.

Sein großes Verdient bestand darin, dass er nicht beim bloßen Formalismus des *reinen Geschmacksurteils* stehengeblieben ist, sondern den *Standpunkt des Geschmacks* zugunsten des *Standpunkts des Genies* überwunden hat. Das Genie ist nach Kant ein *Günstling der Natur*, das etwas noch nie Geschaffenes kreiert. Dabei wird deutlich, dass das Schaffen des Genies von der *Kongenialität* des Betrachters nicht wirklich zu trennen ist. Das neu Geschaffene will *gese-*

hen und erkannt werden; ansonsten kann ein Kunstwerk für Jahrzehnte, wenn nicht gar Jahrhunderte dem Vergessen anheimfallen, bevor es, oft durch einen Zufall, wiederentdeckt wird.

Ein Aspekt dieses *Mehr,* das Kunst hinterlässt, besteht in der Erfahrung, dass man nicht mit dem gleichen *Lebensgefühl* aus einem Museum herauskommt, wie man in es eingetreten ist. Es ist etwas mit einem geschehen, das einen beschäftigt, vielleicht sogar bereichert. Man hat eine neue *Erfahrung* gemacht, und es geschieht, dass einem die Welt hinterher *lichter und leichter erscheint* als vorher.

*

Kunst besitzt einen *Eröffnungscharakter,* indem sie eine *stabile Welt aufbricht* und ihr neue Perspektiven hinzufügt. Das Kunstwerk unterscheidet sich von anderen Dingen dadurch, dass es nicht wie diese der bestehenden Welt angehört, sondern etwas Neues hinzufügt, indem es eine neue Sicht auf diese ermöglicht. Eine weniger emphatische Bedeutung der Kunst liegt darin, festgefahrene Sichtweisen zu *enthüllen* oder zumindest zu *verflüssigen.* Sie kann neue Existenzmöglichkeiten aufzeigen und mögliche geschichtliche Alternativen gegenüber der existierenden Welt *eröffnen.*

*

Etwas nicht zu schaffen, eine Leistung nicht zu erbringen, die Angst, zu versagen – all das erzeugt *Scham.* Wir reden uns selbst ein, nicht *gut genug* zu sein. Das sind Emotionen, die unsere Leistungsgesellschaft den Menschen von klein auf einimpft; in der Erziehung, in der Schule, im Beruf, im Sport und sogar in der Freizeit.

Dagegen beruhen *Schuldgefühle* darauf, gegen Normen verstoßen zu haben; etwas falsch gemacht; Verbote übertreten zu haben und dergleichen. Die ganze abendländische Ethik, die von der christlichen Religion geprägt wurde, beruht auf der Vermittlung von Scham- und Schuldgefühlen. Die sogenannten *Gebote* sind eigentlich *Verbote: Du sollst nicht...* Scham und Schuld – das ist das *Koordinationssystem* unserer Kultur.

*

Kafkas Lebensthema war die *Scham*. Man könnte sagen: *Er lebte mit der Scham und starb an ihr.* Indem er sie in seinen Schriften immer erneut thematisiert, versucht er, *die Erinnerung an das menschliche Leben lebendig* zu halten; gewissermaßen stellvertretend für die Menschheit. Mit der Erinnerung ist die Hoffnung verbunden, das *entstellte Leben* werde irgendwann verschwinden. Möglicherweise entstand seine Kunst aus der *Erfahrung der Kränkung*. Durch sie entwickelte er die Fähigkeit zur *Aufmerksamkeit;* sie galt allen Kreaturen gleichermaßen.

*

Sucht man nach einer Begrifflichkeit, die das Wesen der *Bürgerlichen Gesellschaft* am treffendsten zum Ausdruck bringt, so sind dies nicht Kategorien wie *Freiheit und Vernunft*, sondern ,*Anerkennung'* oder besser noch: der *Kampf um Anerkennung*. Dieser findet in allen Lebensbereichen statt, wobei oft nur die Bezeichnung wechselt: als *Konkurrenz* begegnet er uns in der *Ökonomie*; als *Identitätsbildung* in der *Erziehung*; als *Leistung* im *Sport*; als *Annäherung* in der *Liebe*; als *pathologischer Befund* in der *Psychologie*; als *Triebkraft* in *Kunst und Literatur*. Fast alle menschlichen Bedürfnisse, aber auch Prob-

leme, lassen sich als solche der Anerkennung analysieren.

Freiheit und Vernunft hingegen sind Relik-
te des *aufklärerischen Fortschrittdenkens*, die
in der Realität der bürgerlichen Gesellschaft
längst zum *ideologischen Kitt* geworden
sind. Wer mag angesichts des *Zustands der
Welt* noch von *Fortschritt* reden? Wohl nicht
einmal die *Geschichtsphilosophen.*

*

*Das Gefühl, lebendig zu sein, ist keine Selbst-
verständlichkeit.* Natürlich weiß ich, dass ich
irgendwie *existiere.* Aber ist das schon *leben;
lebe ich als ein Selbst?* Alltagssprachlich begegnet einem dieser Sachverhalt, wenn jemand ausruft: *Ich fühlte mich plötzlich so lebendig!* Was ist geschehen? Wahrscheinlich
hat jemand eine intensive *Erfahrung* gemacht: sich verliebt; etwas Aufregendes
entdeckt, etwas erlebt, dass sein bisheriges
Dasein radikal verändert. Ihm ist der Kon-
trast zu seinem bisherigen Leben bewusst
geworden. Er weiß plötzlich, dass er sein
Leben ändern muss und will nicht so weitermachen wie bisher.

Eine dieser tiefgreifenden Erfahrungen ist der *Zustand der Kreativität*, in dem man etwas schafft, was einem bisher verborgen oder versagt blieb. Es packt einen und lässt uns nicht mehr los. Es ist kein Spiel, sondern wenn überhaupt: *ein besessenes Spiel*, bei dem man spürt, dass es mit einem selbst zu tun hat. Wir müssen versuchen, diese neue Erfahrung mit unserer Biografie in Einklang zu bringen. Im Streben nach dieser Einheit liegt ein wesentliches *Motiv für künstlerisches Schaffen*.

*

Gedichte sind *Verlangsamer der Zeit*. Indem sie Dinge und Ereignisse verdichten, halten sie diese fest. Man könnte auch sagen: sie halten, zumindest für einen Moment, die Zeit an.

*

Der Schriftsteller verwandelt innere Bilder in Worte. Die ihm eigene Unruhe kann dabei ein Movens seines Schreibens sein, ihn aber auch blockieren. Er hofft darauf, durch die Intensität seiner schöpferischen Tätigkeit zu sich selbst zu finden, sich lebendig zu fühlen. Dann ist das Schöpferische Teil eines psychischen Heilungsprozesses, der stets vom Scheitern bedroht ist. Es geht immer ums Ganze, um Anerkennung und Identität. Die Suche danach ist ein ständiger Prozess, bei dem einige über das Suchen nie hinauskommen.

*

Die Dinge sind oft nicht das, *was sie zu sein scheinen*. Das wusste ein *Don Quichote*, der wohl größte *Traumwandler der Literatur*. Die vorgestellten Dinge sind wirklicher als die Wirklichkeit, weil sie im Bewusstsein *existieren*. Dazu bedarf es keiner abstrakten Begriffe. *Die Dinge sind einfach da*, wie die Natur auch; man muss sie als Geheimnis wahrnehmen. Erst dadurch werden sie zum Gegenstand der Dichtung und der Kunst.

*

Stets gibt es neue, sukzessive *Deutungen von Texten*. Wäre dem nicht so, würde es den Streit um die richtige Interpretation nicht geben. Gerade bei wichtigen Texten gibt es ihn aber, den Kampf um die *Deutungshoheit*.

Die in einer Kultur dominierenden *Interpretationsmuster* prägen unsere Wahrnehmung der Wirklichkeit und somit auch unsere *Selbstwahrnehmung*. Die Art und Weise, wie wir unser Leben wahrnehmen, ist mithin ein *soziales Konstrukt* – bestehend aus *Sprache und symbolischen Interaktionen*.

Für den Schriftsteller hat dies etwas *Befreiendes*, stellt aber gleichzeitig eine große Herausforderung dar. Geschichten lassen sich immer weniger *linear erzählen* – als eine Abfolge von Handlungen. Vielmehr muss es darum gehen, parallele Erzählstrukturen zu schaffen, *Gleichzeitigkeit zu konstruieren*. Moderne Erzähler haben dies versucht, und ihre Texte stellen ganz neue Anforderungen auch an den Leser. Er bekommt ein Gespür für die *Fragmentierung des Lebens*, und das ist es, was das moderne Lebensgefühl der Menschen ausmacht. Man könnte auch sagen: diese Schriftsteller kommen der Wirklichkeit näher als diejenigen, die versuchen, *idealtypische Lebensläufe* zu entwerfen.

*

Melancholie weist auf ganz verschiedene *Zustände* oder *Haltungen* hin: man assoziiert damit *depressive* Stimmungen ebenso wie

Anlässe zur Stimulierung *künstlerische Krea-tivität*. Es ist dieses *Schwanken* zwischen *Schwermut* und *künstlerischer Ambition*, die den Begriff schwer fassbar macht. Der *schöpferische Mensch* ist dann derjenige, der aufgrund seiner besonderen *Sensibilität* und *Einsicht* in der Lage ist, diesen Transforma-tionsprozess zu gestalten.

Anlässe für melancholische bzw. depressi-ve Zustände sind weniger *Affekte wie Wut, Freude, Angst oder Hass,* sondern ein *Gefühl des Verlustes oder unendlicher Traurigkeit,* die einen regelrecht *ummanteln und von allem abschirmen.*
Im Zweifelsfall bieten sie sogar einen ge-wissen *Schutz vor Fragmentierung. Der Me-lancholiker weiß nicht, was ihm fehlt.* Das er-schwert es ihm, über den Verlust eines be-stimmten ‚Dings' zu trauern. Der Kreative sucht nach *Symbolen,* um diesem Zustand Ausdruck zu verleihen. Die Schwierigkeit besteht darin, dass auch der *Suchende* oft nicht weiß, wonach er sucht. Darin besteht geradezu das *Wesen der Suche.*

*

Das *Kunstwerk* beinhaltet eine *ästhetische Konzentration* von Erfahrungen. Es versucht eine Sprache für all das zu finden, für das es bisher noch keine Sprache gab. Sie *verdichtet und symbolisiert* Erfahrungen, ähnlich einem *Traum.* Durch die *Formgebung* wird eine bestimmte Erfahrung aus der Vielzahl von Erlebnissen herausgehoben und zu einem *ästhetischen Ereignis,* mit dem man sich auseinandersetzen kann. Es berührt etwas in uns, von dem man oft gar nicht sagen kann, was es genau ist.

*

Nach dem Verlust religiöser Orientierungen entwickelt der moderne Mensch seine *Fähigkeit zur Selbstbeobachtung.* Diese geht einher mit der *Entdeckung des Ich.* Damit liefert das Individuum sich der *transzendentalen Obdachlosigkeit (Lukács)* aus, die ihn nahezu zwangsläufig in Gegensatz zur Welt bringt. Für den Künstler steigert sich dieser Gegensatz zum *Leiden an der Welt,* das gleichzeitig zum Anlass für sein künstlerisches Schaffen wird.

Wenn gesagt wird, *Kultur besteht aus einem vielfältigen Austausch von Symbolen,* dann wird das Leiden in seinen verschiedenen Formen zu einem universellen Zeichen dieses Austausches: *Melancholie, das Gefühl der Leere und Vergänglichkeit, der Sinnlosigkeit und Vergeblichkeit allen Tuns* – das alles sind Facetten dieses Leidens.

Es gibt aber noch einen anderen Aspekt, der bisher wenig Beachtung gefunden hat: Der Künstler übernimmt mit seinem Schaffen auch *Verantwortung.* Er schafft Raum für die Darstellung des Leidens und bemüht sich darum, diesem einen *Sinn* zu verleihen.

*

Von den verschiedenen *Formen der Langeweile* sind vor allem die *schöpferische und die
existentielle* Langeweile bedenkenswert. Die
schöpferische besteht in Phasen des Ausru-
hens und des Kräftesammelns, des vermeintlichen *Nichtstuns*. Man geht umher
und denkt an nichts Bestimmtes, und plötzlich fällt einem eine Formulierung oder ein
Gedanke ein, den man so noch nicht hatte.

Dagegen hat sich die existentielle Langeweile tief in uns eingegraben; dieses *unbestimmte Gefühl der Leere und Sinnlosigkeit des
menschlichen Daseins*. Eine gute Voraussetzung zum Philosophieren. *Leben Philosophieren Schreiben* – drei Aspekte eines Ganzen.

*

Die eigentlichen Dramen finden im Kleinen
statt, in aller Stille, verborgen im Alltäglichen, von den beteiligten Akteuren selbst
aus Scham geheim gehalten. Scham mar-
kiert eine *Grenze*, und das sind die *Anderen*.

Deren (vermeintliche) Sicht auf mich ist die Ursache, die Scham erzeugt. Es ist die Angst, den Erwartungen nicht gerecht zu werden, nicht *gut genug zu sein*. Das *Selbstwertgefühl* geht verloren und damit ein Mindestmaß an *Anerkennung*, die ein jeder braucht, um sozial zu existieren.

*

Jeder Schriftsteller, der ernst genommen werden will, hat sich mit der Frage auseinander zu setzen, was *Wirklichkeit* ist. Dass der Augenblick, in dem dies geschrieben wird, bereits Vergangenheit ist, gehört zu den Absurditäten unseres Daseins. Das Unbehagen an der Wirklichkeit hat mithin mit dem Problem der *Zeit* zu tun. Wir können die Wirklichkeit, so wie sie sich uns präsentiert, nicht als solche wahrnehmen.

Beckett und *Kafka* wussten um diese Absurdität. Sie gingen nicht davon aus, zu wissen, was *ist*, sondern haben sich an die Dinge herangetastet, soweit es eben ging. Sie wussten, dass die Welt auf ihre Fragen keine Antwort erteilt. Das *schreibende Ich*, das die Welt und die greifbaren Dinge in ihr als *absurd* erlebt, stellt Überlegungen an über ihre oft rätselvolle Funktion und definiert das eigene Verhältnis zu ihnen. *Symbolik* kennt es nicht, es sieht sich geschichtslos und unmythisch. Es schreibt *Klartext* ohne Um- oder Abschweife. Kafka schreibt geradezu *dokumentarisch*; konstatiert, was er wahrnimmt und reflektiert. Er erfindet die Dinge nicht, er findet sie vor. Sie sind in ihrer ganzen Absurdität Bestandteil einer schweigenden Welt, die auf seine Fragen nicht antwortet.

*

Erst durch das Schreiben erlangen die Dinge Wirklichkeit. Sie ist Ziel. Oder, wie *Günter Eich* es formulierte: *Ich schreibe Gedichte, um mich in der Wirklichkeit zu orientieren.*

*

Wir müssen uns immer wieder klarmachen, dass alles, was wir von der dinglichen Welt wahrnehmen, niemals wirklich so ist, wie wir es sehen und verstehen. Insofern kann man sagen, dass nichts abstrakter und unwirklicher sein kann, als das, was wir tatsächlich sehen. Als Materie existieren die Dinge natürlich; aber sie besitzen nicht den besonderen Sinn, den wir mit ihnen verbinden. Nur wir wissen, dass ein Baum ein Baum ist und nicht einfach Holz. Wir machen uns zu wenig klar, dass der Begriff ‚Baum' eine *Abstraktion* darstellt, da es sehr verschiedene Arten von konkreten Bäumen gibt.

Das wird erst wirklich deutlich, wenn man vertraute Dinge ihres vertrauten Sinns entkleidet. Das ist das, was der Künstler macht: er abstrahiert vom Realen, indem er Dinge transzendiert ohne die Formen der realen Welt aus den Augen zu verlieren. Ein besonders plastisches Beispiel sind die vielen Möglichkeiten der Anordnung von Gegenständen auf Stillleben.

*

Es ist die Frage, ob ein Bild gelungen ist, wenn es zu mehreren Auslegungen einlädt. Künstler wissen oft nicht genau, was sie geschaffen haben. Zumindest weigern sie sich oft, darüber Auskunft zu geben. Es könnte sein, dass es ihnen ganz angenehm ist, wenn ihr Werk viele Interpretationen anregt; vielleicht fühlen sie sich dadurch geehrt.

Als Betrachter sollte man behutsam mit seinen Deutungen umgehen und nicht alles, was einem beispielsweise zu einem abstrakten Bild einfällt, sofort von sich geben. Das könnte am Ende mehr über die Persönlichkeit des Betrachtenden aussagen als über das Bild selbst.

Die *Realität eines Kunstwerks* ist in gewisser Weise zunächst eine Art *Ding für sich*. Als solches sollte es zunächst betrachtet werden, bevor man anfängt, es auf andere Bereiche der Wirklichkeit zu beziehen. Jedes Kunstwerk stellt eine eigene Wirklichkeit dar.

Mit jeder vorschnellen Deutung oder Relativierung läuft man Gefahr, nicht das Bild wahrzunehmen, sondern über Dinge zu reden, die nicht unmittelbar mit dem Bild zu tun haben. Vergleiche mit anderen Werken sind so ein Beispiel. Das führt oft dazu, dass man Äpfel mit Birnen vergleicht.

*

Die Suche danach, was einem Gegenstand oder Thema zugrunde liegt, welche Bedeutung ihnen zukommt, führt in letzter Konsequenz zur Frage nach der inneren Struktur oder dem Mechanismus in einem selbst. Denn das Bestreben, Wissen von der Außenwelt zu erlangen, strebt stets danach, mit dem inneren Selbst in Einklang gebracht zu werden. Schließlich bin ich es, der mit seinen Kenntnissen, Erfahrungen, Träumen oder Erinnerungen an die Außenwelt herantritt. Dem Künstler bleibt es dann vorbehalten, eine erinnerte oder erdachte Form für seine Wahrnehmungen zu finden und sie in ein Kunstwerk zu verwandeln, das von diesem Zeitpunkt an ein Eigenleben führt.

*

Kunst und Literatur entstehen immer auch als *Widerstand gegen die Wirklichkeit, wenn nicht gar aus Ekel vor ihr.* Es ist eine Art *Zeitgeist-Ekel*, der ihre *Wahrnehmungsnervosität* steigert.
Künstler sind *Leidende an der Normalität.* Der brave Bürger, der täglich seinen Pflichten nachgeht, bringt keine künstlerischen Werke hervor. Er funktioniert. Er fügt der Welt nichts Neues hinzu, sondern benutzt das, was vorhanden ist. Er ist schlichtweg nicht *kreativ.*

*

Es ist erstaunlich, dass man gerade bei den Philosophen, die ihre Philosophie mehr oder weniger *rhapsodisch* entwickeln – also kein *System* hinterlassen – zu Erkenntnissen gelangt, die bedeutsam für die eigene Lebensführung sind. So beispielsweise *Schopenhauer, Nietzsche, Kierkegaard und Heidegger*..

Schopenhauer geht davon aus, dass nicht die *Vernunft* es ist, die uns zur wahren Realität führt, sondern die elementaren *Triebe* wie Hunger, Durst, sexuelles Verlangen oder Schmerz. Sie erleben wir als unser unmittelbares, eigenes *Wollen*. Dieses Wollen ist Ausdruck einer *universalen Kraft und Energie*, die er *Wille* nennt.

Dagegen ist die Welt der *äußeren Erfahrung*, die der *Vernunfterkenntnis* zugänglich ist, reine *Vorstellung*, denn dahinter verbirgt sich eine Realität, die mit den Kategorien des Verstandes nicht erfasst werden kann. Die ziellose universale Energie als Grund der Welt und ihre Erscheinung als ‚Vorstellung‘ von ihr – das ist das Wesen seiner Philosophie.

Diese Annahme enthält verschiedene Implikation; z.B.: dass das *Irrationale* und nicht das Rationale die Welt regiert. Der Wille ist

kein vernünftig agierender ‚Weltgeist' wie
bei *Hegel*. Er ist vielmehr in sich zerrissen
und erzeugt gegenläufige Kräfte auch in
den Individuen selbst. Aus dieser ‚Selbst-
entzweiung' erklärt sich das Leiden der
Welt, das niemals aufhört, solange es Leben
gibt, und das keinen Grund hat – außer das
Leben selbst. Die Welt ist ein Knäuel aus
einander widerstreitenden Trieben.

Mit der Annahme einer einzigen, universalen Energie als Urkraft des Willens überwindet Schopenhauer die Trennung von
Subjekt und Objekt. Demnach gibt es nicht
nur die *Vielfalt der Einzeldinge*, sondern
auch *ideale Muster*, die nicht dem *Werden
und Vergehen* unterliegen. Diese ‚Ideen' sind
für ihn *Objektivationen des Willens*. Um sie
zu erkennen, bedarf es der *Kontemplation*.
Diese Art der Betrachtung der Dinge gleicht
einem *interesselosen Wohlgefallen*, ähnlich
wie bei der Betrachtung künstlerischer
Werke. In der Kunst geht es immer um etwas Allgemeines, um etwas, das unabhängig von Ort und Zeit jeden Menschen angeht.

Nach Schopenhauer kann der Mensch auf
zweierlei Weise die Vorherrschaft des blin-

den Willens überwinden: durch *Selbster-kenntnis*, indem er seine Lebensführung von seiner *Trieb- und Bedürfnisbestimmtheit* löst. Und im *moralischen Handeln*, und zwar dadurch, dass er sich mit anderen Menschen *solidarisiert* und mit ihnen *Mitleid* zeigt (das übrigens auch für Tiere gilt). Insofern ist die *Charaktereigenschaft der Herzensgüte* ethisch wertvoller als die *Befolgung moralischer Regeln*.

Schopenhauer bleibt angesichts des Zustands der Welt *Pessimist*; ihr *Geburtsfehler* ist für ihn, dass sie ein Produkt des Willens ist: vernunftlos und zerrissen. Und denen, die ihren Willen, also ihre Triebhaftigkeit überwunden haben, ist die reale Welt ein *NICHTS*.

*

Auch *Nietzsche* betont die *existenzielle Dimension* des Denkens. Seine Philosophie ist *existentiell*, weil es um seinen *Lebenskampf* und die Gestaltung des eigenen Lebens geht. Um nicht mehr, aber auch nicht weniger. Es ist eine Philosophie, die aufs Ganze geht und die im besten Sinne radikal ist. Nietzsche möchte die Menschen vom Bal-

last religiöser bzw. bürgerlicher Moralvor-
stellungen befreien, damit sie bei sich selbst
ankommen.

Vor allem in der *Kunst* sieht er das Potential
des *Schöpferischen*, das den Menschen ausmacht. Alles andere – Politik; Wirtschaft;
Alltagsleben; Normalität – ist für ihn mehr
oder weniger nur Beiwerk, das oft genug
ein Hindernis für die freie Entfaltung der
menschlichen Lebensmöglichkeiten darstellt.

Begrifflichkeiten wie *Übermensch* oder *Wille
zur Macht*, die oft genug für politische Zwecke missbraucht wurden, verlieren ihren
Schrecken, wenn man weiß, was er darunter versteht. Mit *Übermensch* umschreibt er
sein Anliegen, der Einzelne möge seinen
alltäglichen, durch Gewohnheiten eingeüb-
ten *Horizont überschreiten*, um seine kreativen Möglichkeiten auszuschöpfen. Mit *Wille zur Macht* meint er den unbedingten,
diesseitigen Lebenswillen, allen religiösen
oder sonstigen Normvorstellungen zum
Trotz. Es geht nicht um die Macht über andere, sondern um die *Macht über sich selbst*,
um das Beste aus sich herauszuholen. Alles
läuft darauf hinaus, dass Jeder seine Phan-

tasie, Träume, Emotionen und geistigen Fähigkeiten in die schöpferische Gestaltung seines Lebens einbringt, so als wäre das Leben ein Spiel, das es unbedingt zu gewinnen gilt.

Nietzsche ist, wie andere große Philosophen auch, ein hervorragender Stilist; ja eigentlich ist er ein *Dichter*, der die *Form des Aphorismus* wählt, was seinem Hang zum Assoziieren entgegen kommt. Seine Ausführungen über *Musik* und *Kunst* sind teilweise brillant und tiefgründig, weil er deren Entstehung aus dem Mythos nachvollzieht. So sind ihm das *Dionysische* und das *Apollinische* die zwei Pole, die die Entwicklung von Kunst und vor allem Musik ausmachen. Ersteres steht für das *Sinnliche, Rauschhafte*; letzteres für die *Formgebung und kreative Gestaltung*. Beides muss im künstlerischen Akt zusammenkommen; jedes für sich allein wäre defizitär.

*

Auch *Kierkegaard* geht es vor allem um die Voraussetzungen der *Selbstverwirklichung* des Menschen. Der Mensch ist aufgefordert, sein *Selbst* im Leben erst zu erwerben

und dies kann er nur auf der Grundlage
eigener praktischer Entscheidungen be-
werkstelligen. Somit ist das Leben kein the-
oretisches Problem; theoretische Einsichten
können nicht mehr als ein *Sprungbrett* sein.
Was zählt, ist, was der Einzelne aus seinem
Leben macht.

Kierkegaard ist der Überzeugung, dass das
Leben an sich keinen Sinn hat. Aber dennoch müssen wir es führen und das Beste
daraus machen, d.h.: wir müssen uns unsere ‚*Identität*' selbst schaffen. Diese Identität
entsteht aber nicht einfach so, sie beruht auf
einer ‚*Wahl*'. Mit dem Begriff ‚Wahl' ist man
im Zentrum der Philosophie Kierkegaards
angekommen. Seine ‚Wahl' ist nicht eine
beliebige ‚Auswahl', sondern das Ergreifen
dessen, was in einem selbst schon angelegt
ist. Erst indem der Mensch wählt, verwirk-
licht er sich, das heißt, er nimmt sich als
Person mit allen dazugehörigen Umstän-
den an.

Es kommt mithin darauf an, etwas aus seinem Leben zu machen. In der Wahl wird
sich der Mensch seiner Freiheit bewusst,
der Freiheit, dem Leben verantwortlich eine
Richtung und eine Form zu geben. Entwe-

der man lässt sich auf die Wahl ein und schafft sich ein ‚Selbst', eine ‚Identität' oder man vermeidet die Wahl und lebt einfach nur so dahin, von Augenblick zu Augenblick.

Kierkegaard wurde für die *Existenzphilosophie* zu einem einflussreichen Vor-Denker. Vor allem durch seine These, dass der Mensch ein Selbst, eine Identität, nur durch das Bewusstsein der Freiheit und ein bewusstes Verhältnis zurzeit entwickeln kann.

*

Heideggers Philosophie entspringt dem Leben; man muss sich nur auf den Weg machen. Alles andere stellt sich wie von selbst ein. Schon sehr früh schreibt er: *Das ‚Denken' kann sich nicht mehr einzwängen lassen in die unverrückbaren ewigen Schranken der logischen Grundsätze. Zum streng logischen Denken gehört, dass es sich gegen jeden affektiven Einfluß des Gemüts hermetisch abschließt; zu jeder wahrhaft voraussetzungslosen philosophischen Arbeit gehört dagegen ein gewisser Fonds ethischer Kraft, die Kunst der Selbstentäußerung.*

Im Zentrum seiner Philosophie steht das Phänomen der *Zeit*: das Grundgefühl, nur *zeitlich begrenzt in der Welt zu sein* und sich darin zurechtfinden zu müssen. Es bedeutet, zurückgehen auf einen Ausgangspunkt, von dem aus man sich die Welt erschließen muss – *gedanklich, emotional und praktisch*. Dazu bedarf es keines philosophischen Lehrgebäudes als Voraussetzung. Es sind die Alltagserfahrungen des Menschen, von denen Heidegger ausgeht. Dadurch entsteht das Gefühl: was da verhandelt wird, geht uns etwas an. Es hilft, die Dinge sensibler wahrzunehmen und tiefer zu verstehen.

Heidegger geht es um eine bestimmte Einstellung oder Bereitschaft, sich auf philosophische Fragen einzulassen; und zwar *voraussetzungslos*, ohne den Ballast philosophischer Vorkenntnisse. Insofern kann man sagen: Heidegger ist ein Meister des Anfangs. Er kritisiert eine Philosophie, die vorgibt, sie begänne mit Gedanken. In Wirklichkeit, sagt Heidegger, fängt sie mit einer Stimmung an: mit *dem Staunen, der Angst, der Sorge, der Neugier, dem Jubel*.

Es sind diese alltäglichen Grundstimmungen, an die er anknüpft: Was er als *Sorge* charakterisiert, meint nicht, dass man sich hin und wieder ‚Sorgen‘ macht. Für Heidegger ist *Sorge ein Grundmerkmal der conditio humana.* Er verwendet den Begriff im Sinne von *Besorgen, Planen, Bekümmern, Berechnen, Voraussehen.* Dabei ist der *Zeitbezug* entscheidend. Da heißt es: *Sorgend kann nur ein Wesen sein, das einen offenen und unverfügbaren Zeithorizont vor sich sieht, in den es hineinleben muss. Wir sind sorgende und besorgende Wesen, weil wir den nach vorne offenen Zeithorizont ausdrücklich erfahren. Sorge ist nichts anderes als gelebte Zeitlichkeit.*

In der alltäglichen Betriebsamkeit, die die Menschen umtreibt, sieht er eine *Flucht* davor, sich einzugestehen, wie es um sie steht. Sie sollen zur Besinnung, zum Nachdenken über sich und ihr Leben kommen.

Diese Einsicht kann durchaus zwiespältig wirken: sie kann *Angst* auslösen, weil Gewohnheiten und Routinen hinterfragt und auf ihre Sinnhaftigkeit überprüft werden. Und sie kann so etwas wie einen *Kontingenzschock* auslösen, weil plötzlich alles offen und unbestimmt erscheint. Es könnte sich erweisen, dass hinter dem Vertrauten, Alltäglichen das *Nichts* lauert; die große, gähnende *Leere*.

Heideggers Analyse der Angst meint ausdrücklich nicht die Angst vor dem Tode. Ihr Thema ist vielmehr die Angst vor dem alltäglichen Leben, das einem plötzlich in seiner ganzen Kontingenz gegenwärtig wird. Davor Angst zu haben, hat für Heidegger eine Erkenntnis fördernde Funktion, und die Philosophie hat die Aufgabe, den Menschen radikal der Angst auszuliefern, ihm gewissermaßen einen Schrecken einzujagen, ihn zurück zu zwingen in die *Unbehaustheit,* um von diesem Ausgangspunkt den Blick frei zu bekommen für das *Bewusstsein seiner endlichen Existenz.*

Nur unter dieser Voraussetzung wird es nach Heidegger möglich sein, die *Intensität des Daseins* zu steigern. Und darum geht es ihm: um *Intensitätssteigerung*. Sein Credo könnte lauten: *Tu, was du willst, aber entscheide dich selbst und lass dir von niemandem die Entscheidung und damit auch die Verantwortung abnehmen.* Und wozu, wofür? könnte man fragen: Nicht für ein in der Ferne liegendes Geschichtsziel. Wenn es überhaupt ein Ziel gibt, ist es dieser Augenblick selbst.

Heidegger möchte dabei helfen, dass die Menschen auf das Leben blicken, *als sei es das erste* Mal: Das Verdeckende, Gewohnte, Abstraktgewordene, Erstarrte beiseite schaffen – destruieren. Und was zeigt sich dann? Nichts anderes als das, was uns umringt, ohne uns zu beengen. Das gilt es auszukosten und zu erfüllen.

Diese anfängliche Wahrheit – das ist die Wahrheit des freien Blicks auf die Dinge. *Den Baum blühen lassen in der offenen Lichtung des Seins, damit das Seiende* wieder zu sich selbst gelangen kann. Es ist die Erwartung, dass die Natur anders antworten könnte, wenn wir sie anders befragen. *Es könnte doch sein, dass die Natur in der Seite, die sie der technischen Bemächtigung durch den Menschen zukehrt, ihr Wesen gerade verbirgt.*

Heidegger will alles noch einmal neu denken, von den Ursprüngen her. Das scheint angesichts der realen Entwicklung der Welt ein völlig naiver Ansatz zu sein. Aber er sieht darin die einzige Möglichkeit, einen Entwicklungsprozess umzukehren, der die

Menschheit längst im Griff hat. Im philosophischen *Neu-Denken* könnte für ihn eine Einstellungsänderung ihren Anfang nehmen. Insofern erweist er sich als radikaler Kritiker des unbewusst vor sich hin lebenden Alltagsmenschen: *Aber das faktische Leben, das da so vor sich hin lebt, merkt gar nicht, dass es stürzt.* Insofern ist seine Philosophie *gesteigerte Unruhe. Sie ist gleichsam methodisch betriebene Unruhe.* Was ist es, das diese Unruhe in ihm hervorruft? Es ist die Erkenntnis, dass der Mensch sich mehr und mehr von der Natur und damit auch von sich selbst *entfremdet. Der Mensch erzeugt seine Welt so, dass er sich nicht in ihr wiedererkennen kann. Seine Selbstverwirklichung ist seine Selbstverkümmerung.* Von diesem Ausgangspunkt bleibt dann nur noch der Weg einer völlig gewandelten Selbsterkenntnis, eines neuen Beginnens. Ein *Weiter so* kann es nicht geben. Der Mensch muss dahin kommen, sich selbst zu begegnen, oder wie Heidegger es (scheinbar) ganz einfach ausdrückt: *Ich bemerke, dass ich bin.* Von diesem *nackten Dass* geht die Beunruhigung aus, die ihn erfasst, sobald er an diesem Punkt angelangt ist.

Es ist die Erfahrung der *Zeitlichkeit* allen Daseins. *Schon bei jedem Tun und Erleben jetzt und hier bemerken wir dieses Vorbei. Der Lebensgang ist immer ein Vergehen des Lebens. Zeit erfahren wir an uns selbst als dieses Vergehen. Deshalb ist dieses Vorbei nicht das Ereignis des Todes am Ende unseres Lebens, sondern die Art und Weise des Lebensvollzugs, das Wie meines Daseins schlechthin.*

*

Wer autobiographische Texte schreibt – und in gewisser Weise ist jeder eigene literarische Text autobiographisch imprägniert – sollte sich darüber im Klaren sein, dass er die *Voraussetzung* eines derartigen Textes ist. Was aber meist dabei herauskommt, ist ein *Resultat,* das die eigene Identität in Einklang mit dem Dargestellten zeigt. Das genau ist die Diskrepanz zwischen *Leben und Literatur.*

*

Es bedarf gewisser ‚Kompensationsmechanismen' gegen eine einseitige und dominante ‚Technisierung' und ‚Rationalisierung' des Alltagslebens, die bei allen ‚Fortschritten' immer auch eine gewisse ,Janus-köpfigkeit' beinhalten. Besonders deutlich sehen wir dies am Beispiel der neuen ,Kommunikationsmedien': Einerseits ermöglichen sie die ,globale Kommunikation'; andrerseits tragen sie ohne Zweifel zu einer gewissen ,Verflachung der menschlichen Erfahrung' bei.

Wir sehen es an der Entwicklung der Sprache. Sprache ist Weltzugang und das Fundament, auf dem das Denken beruht. Wer sprechen lernt, lernt gleichzeitig denken. Eine Form des Sprechens ist das Erzählen. Eine Erzählung stellt einen Sinnzusammenhang dar, ein Stück Interpretation der Welt. Erzählen ist mithin ein Versuch, die Welt zu verstehen. Zunehmend steht die Sprache in der Gefahr, durch die neuen Medien verstümmelt zu werden.

Kommunikation findet vermehrt in Form standardisierter Codes statt. Auf diese Weise verarmt sie und wird ihrer ursprünglichen Substanz beraubt. Sie verliert ihre Fähigkeit, Ausdruck individueller Eigenschaften zu sein. Es werden immer öfter ,virtuelle Welten' produziert, und die Menschen werden zu Datenempfängern, die ihnen von Algorithmen vorgegeben werden. Damit entsteht eine Form anonymer Herrschaft, die sich der demokratischen Kontrolle entzieht.

Ein Kenner der Szene sagte jüngst: *Die moderne Online-Welt hat in gewisser Weise Hegel ‚enthauptet'. These und Antithese führen nicht mehr zu einer Synthese, also zur höheren Einsicht, sondern lösen sich in unüberschaubaren Datenwellen auf.*

*

Dass die Philosophie eines der ‚Kompensationsmedien' sein könnte, um zumindest auf Defizite dieser Entwicklung hinzuweisen, ist nicht mehr als eine Hoffnung darauf, dass viele der handlungsrelevanten Perspektiven und Synthesen immer noch außerhalb dieser Medien entstehen. Deshalb brauchen wir nach wie vor Bücher, die uns Erkenntnisse vermitteln. Aber ob in Zukunft überhaupt noch Bücher gelesen werden, ist zumindest fraglich.

*

Wer ein Buch schreibt, geht damit ein *Risiko* ein: er nimmt eine Verpflichtung auf sich.

Ein Buch zu schreiben, ist ein Spiel mit hohem Einsatz in Bezug auf Engagement und Aufwand und dem Versuch, Einfluss auf den Lauf der Dinge zu nehmen. Damit setzt man sich der Verwundbarkeit aus. Darüber hinaus ist ein Buch ein Bauwerk menschlicher Würde. Es ist der Beweis, dass jede individuelle Erfahrung wert ist, beachtet zu werden.

*

Jeder der schreibt, hat sich irgendwann mit der Frage zu beschäftigen, wie man sein Leben *erzählen* könnte und was einem davon an Erinnerungen im Gedächtnis ist. Er muss sich darüber im Klaren sein, dass wir dadurch, dass wir unsere Erinnerungen in Worte fassen, diese Erinnerungen und damit die eigene erlebte Vergangenheit allererst schaffen. Das verweist auf den Zusammenhang von *Sprache und Erinnerung* oder anders formuliert: Wie ist Sprache mit den verschiedenen Formen des Erlebens, insbesondere dem Erleben von Zeit, verflochten. Erinnerungen artikulieren wir durch das *Erzählen von Geschichten*. Die sprachliche Artikulation hat damit zugleich Einfluss auf die Art und Weise, wie wir uns erinnern, z.B. darauf, welches *Selbstbild* wir von uns zeichnen. Worauf es beim Schreiben ankommt ist: eine literarische Form zu finden, die dem Erlebten gerecht wird. Das Erzählen der eigenen Vergangenheit beruht vor allem auf dem Bestreben, das Erinnerte und die eigene Anwesenheit darin zu einem sinnvollen Ganzen zusammen zu fügen. Die stärkste Kraft im erzählenden Erinnern ist der Wunsch, das vergangene Selbst in seinem Tun zu verstehen; d.h.: die eigenen Handlungen als einsehbar und vernünftig erscheinen zu lassen. Das heißt nicht, sie an einem abstrakten Katalog von Vernunftmerkmalen zu messen. Es heißt einfach: Die erzählte Vergangenheit muss aus der Sicht des Erzählers nachvollziehbar sein. Der Erzähler will sich in seinem vergangenen Selbst wiedererkennen. Das betrifft nicht nur Fragen der Klugheit und Zweckmäßigkeit des damaligen Handelns, sondern vor allem auch die moralischen Aspekte seiner Handlungen.

Erzählendes Erinnern ist somit stets auch ein *Rechtfertigen*, ein Stück *erfinderischer Apologie*.

Die Fähigkeit zu erzählen impliziert die Fähigkeit, sich eine eigene, ganz individuelle Vergangenheit zu schaffen. Sie wird entscheidend geprägt von den sprachlichen Möglichkeiten des Erzählers. Sprache und erlebte Zeit sind damit eng miteinander verknüpft. Das Medium der Sprache ist es, das uns eine differenzierte Erfahrung von Zeit ermöglicht.

Ein Schlüsselbegriff ist dabei die Idee der *Aneignung*, die immer auch mit einem Akt des *Verstehens* einhergeht. Man eignet sich die eigene Vergangenheit an, indem man daraus etwas Sinnvolles macht. Das Verstehen, das durch das erzählerische Erinnern erreicht wird, bringt das entscheidende *Gefühl der Zugehörigkeit zu einem Selbst* hervor. Durch das erzählerische Erinnern erhält eine Person allererst eine *Identität* über die Zeit hinweg.

Wie verhält sich nun die *Idee der Aneignung* zu der These, dass Erinnern in gewissem Sinne immer auch ein *Erfinden* ist? Aneignen setzt eine Struktur von erinnertem Erleben voraus, die es zu festigen gilt. Aber kann es diese Struktur überhaupt geben, wenn das vergangene Erleben durch das Erzählen erst geschaffen wird? Um diese Frage zu beantworten, muss man sich noch einmal vergegenwärtigen, was mit dem Begriff der Aneignung gemeint ist: Im Prozess des erzählerischen Erinnerns bewältigt man einen Teil der eigenen Vergangenheit und bringt sie sich dadurch näher. Man könnte auch sagen: *man macht sie sich zu eigen.* Gleichwohl eignet man sich die eigene Vergangenheit nicht wie eine Sache oder ein Stück Wissen an. Aneignen der Vergangenheit heißt immer auch, sie *anzuerkennen,* zu ihr zu stehen, sie sich in gewisser Weise *einzuverleiben.* Auf diese Weise wird es dann auch möglich sein, sich mit ihr zu identifizieren, oder anders gesagt: über die Aneignung der Vergangenheit eine eigene Identität zu entwickeln. Das aber wiederum setzt voraus, dass man die Erinnerung als *sinnvoll*, als Teil eines Ganzen, des eigenen Selbstbildes versteht, wobei der Grad der Ausdifferenzierung des die Erinnerung tragenden Selbstbildes durch das sprachliche Vermögen des Erzählers bestimmt wird. Dabei kann das erzählerische Erinnern durchaus *skrupellos* verfahren, indem es das vergangene Erleben umschichtet oder umdeutet; vor allem wenn es darum geht, die *moralische Integrität des Selbst* zu behaupten. Die Tatsache, dass man sich seine Vergangenheit durch erzählerisches Erinnern aneignet, beruht auf der Annahme, dass das Erinnern immer auch einen erfinderischen, schöpferischen Charakter aufweist. So ist das erzählende Selbst letztlich nichts anderes als das, was die erzählten Geschichten über ihn aussagen. Außer den Geschichten gibt es da nichts.

*

Dichter sind Protagonisten der *Unruhe*. Sie wissen darum, dass sie *Fragmente ihrer selbst* sind. Und dennoch wagen sie den *Gegenan-*

griff auf die Leere und Fragmentierung des Lebens. Sie führen eine Art *Schattenleben* zwischen einem *erlebten und einem anderen Leben, das in Gedanken und in der Phantasie existiert.* Sobald die Wirklichkeit sich ihnen entwindet, ziehen sie sich in ihre *Träume* zurück. Dann ist der Traum die *vorzuziehende Wirklichkeit.*

*

Wir bestehen aus lauter Bruchstücken, und diese sind so uneinheitlich zusammengefügt, dass die einzelnen Bestandteile jederzeit in einem neuen Licht erscheinen können. Das könnte eine *Hoffnung*, aber ebenso ein *Verhängnis* sein. Was bleibt ist die Einsicht, dass das *Leben ein Fragment ist, das weder im Diesseits noch im Jenseits vollendet wird. Es ist einfach irgendwann zu Ende.*

Angaben zum Autor

Joke Frerichs; Jahrgang 1945; Dr. rer. pol.; Studium der Philosophie, Soziologie, Politikwissenschaft und Germanistik.

Veröffentlichungen u.a.:
„Zugänge. Wie man aufwächst, so denkt man" (2005); „Begegnungen" (2007); „Selbstgespräche. Gedichte und Poeme" (2010); „Opas Welt. Erinnerungen an meinen Opa und meine Kindheit in Emden" (2011); „Die Mission", Roman (2011); „Einfach mal drauflos fahren – Episoden vom Reisen" (2013, 2. Aufl. 2014); „Gespräch mit einem langen Schatten", Roman (2013); „Das Leuchten der Stille". Ausgewählte Gedichte (2014); „Das Haus des Dichters", Roman (2016); „Inside out. Die Welt lässt sich nicht umarmen", Journal der Jahre 2005-2015; „Die Schatten werden länger", Journal 2016; „Kontinuitäten und Brüche. Versuch einer Selbstbeschreibung" (2017); „Gegenblende", Journal 2017; „Flugsand", Journal 2018; „Intervalle", Journal 2019; „Farewell", Journal 2020; „Zeit der unverhofften Bilder", Roman (2020); „Zimmerschied. Eine Oase im Grünen" (2021); „Gelebte Alltagskultur. Episoden aus dem Ba-

sil's" (2021); „Weitermachen", Journal 2021; „Besuch beim Philosophen" (2022); „Hieronymus im Gehäuse. Der Dichter, sein Haus und sein Radio" (2022); „Schattenleben" (2022).

Zusammen mit Klaus Frerichs: „Einer schreibt, einer malt. Zwei Brüder aus dem Emder Arbeitermilieu finden ihren Weg" (2017).

Zusammen mit Petra Frerichs: „Lesespuren. Notizen zur Literatur" (2011); „Leben braucht keine Begründung. Zum literarischen Werk von Dieter Wellershoff" (2012); „Literarische Entdeckungen. Vergessene und neu gelesene Texte" (2012, 2. Aufl. 2018); „Leben und Schreiben – was sonst? Ein Streifzug durch die Werkausgabe von Dieter Wellershoff" (2014); „Das Mysterium der Suche" (2014); „Dieter Wellershoff. Eine Begegnung der besonderen Art" (2019).

Beide schreiben für den *Blog der Republik*.

Weitere Informationen unter:
www.joke-frerichs.de